baía dos lagartos

WILSON ROBERTO COSTA

Copyright © 2024 by Editora Letramento
Copyright © 2024 by Wilson Roberto Costa

Diretor Editorial Gustavo Abreu
Diretor Administrativo Júnior Gaudereto
Diretor Financeiro Cláudio Macedo
Logística Lucas Abreu
Comunicação e Marketing Carol Pires
Assistente Editorial Matteos Moreno e Maria Eduarda Paixão
Assistente de Edição Ana Isabel Vaz
Designer Editorial Gustavo Zeferino e Luís Otávio Ferreira
Revisão Ana Isabel Vaz
Capa Tatiana Lopes
Diagramação Isabela Brandão

Todos os direitos reservados. Não é permitida a reprodução desta obra sem aprovação do Grupo Editorial Letramento.

Dados Internacionais de Catalogação na Publicação (CIP)
Bibliotecária Juliana da Silva Mauro – CRB6/3684

C837b   Costa, Wilson Roberto
        Baía dos lagartos / Wilson Roberto Costa. - Belo Horizonte : Letramento, 2024.
        142 p. ; 23 cm. - (Temporada)
        ISBN 978-65-5932-564-1
        1. Suspense. 2. Fantasia. 3. Thriller. 4. Fantasia urbana. I. Título.
                              CDU: 82-312.4(81)
                              CDD: 869.93

Índices para catálogo sistemático:
1. Literatura brasileira - Suspense 82-312.4(81)
2. Literatura brasileira - Suspense 869.93

LETRAMENTO EDITORA E LIVRARIA
CAIXA POSTAL 3242 / CEP 30.130-972
av. Antônio Abrahão Caram / n. 430
sl. 301 / b. São José / BH-MG
CEP: 30275-000 / TEL. 31 3327-5771

É o selo de novos autores
Grupo Editorial Letramento

MEU AVÔ

Por muito tempo circulou na Baía dos Lagartos e no município de São Jorge, do qual a Baía faz parte, o rumor de que o vô tentara fazer um negócio com forças ocultas. Durante minha juventude, esses rumores me rodearam como o eco de uma lenda antiga que nunca é contada de forma integral, cujos detalhes e sobretons de alguma forma imiscuem-se na trama das conversas locais.

O vô me contou uma vez que, quando soube que a vó ia morrer, bastou o médico diagnosticar a fatalidade e o vô sentiu desgrudar-se a alma da esposa para outro mundo. Ele tomou um susto. Espiou a vó com o canto do olho. A vó empalidecera, mas não parecia aflita. Antes, observava o médico com uma atenção redobrada.

– Creio que o senhor acabou de dizer algo muito importante, Almeida – ela disse para o médico, que os observava com as mãos entrelaçadas sobre o tampo da mesa –, mas não consegui captar o essencial. – Ela virou-se para o marido. – Meu bem, você pode pedir para ele repetir o que acabou de falar? Quero ter certeza de que ouvi certo.

Eu perguntei ao vô qual tinha sido a doença dela. Ouvi ele me contar de pelo menos meia dúzia de doenças diferentes ao longo dos anos. A pouca lembrança que eu possuo da vó é difusa. São várias lembranças esmaecidas que juntas não conseguem criar uma narrativa coesa. Eu era muito novo. A vó sempre esteve doente. Não a conheci, ou não lembro dela de outra forma. Não sei como isso alterou o vô. Não sei quem ele foi antes da doença. Lembro de forma vaga ver a porta do quarto do casal fechada durante a maior parte do dia e a vó enclausurada lá dentro. Às vezes Lurdes, quem sempre cuidou de nossa casa, entrava ou saía do quarto, abrindo a porta o mínimo possível e esgueirando-se pela fresta sem fazer barulho.

Um dia abriram a porta do quarto e tiraram a cama de dentro com a vó em cima dela, e eu entendi que a vó estava morta. Eu observei a cena da outra ponta do corredor que ligava o quarto do casal ao resto da casa. Pareceu um milagre que aquele grande móvel de madeira tenha passado pela porta do quarto. O corpo que repousava em cima da cama parecia enorme. Não parecia haver um lençol branco sobre ele, mas uma nuvem inteira.

Durante o velório, houve uma cacofonia de suspiros. Alguns parentes vieram, alguns mais, outros menos solenes, alguns eu nunca mais vi. Cumprimentaram-me ao falarem com o vô, apertaram a minha mão como se eu fosse um adulto, como se fosse uma estranha despedida.

– Eu sabia que seria assim – o vô repetia enquanto dirigia a grande caminhonete de volta para casa. Voltávamos apenas eu e ele no carro. – Eu sabia – ele resmungava, sem rancor, sem ardor, o pesar diluindo-se de sua postura ao volante aos poucos, até que, quando estacionamos o carro na garagem de tijolos na outra ponta do pátio em frente à casa, ele completou: – Eu sabia que seria assim, mas não será sempre assim, não é mesmo, Glorinha?

Guardei aquela frase. Anos mais tarde ouvi que o vô tentou fazer um negócio com um pajé das redondezas, para entrar em contato com a vó. Essa é uma das versões dos rumores que mencionei. Outras colocam o vô em contato com uma dupla de médiuns picaretas que o convenceram com truques de luz e atores que sussurravam de alcovas que a vó lhe falava por meio deles. O vô supostamente perdeu muito dinheiro nessas tentativas. Ele frequentou templos cristãos e tentou barganhar com Deus. Ouvi versões menos inocentes, que colocavam o vô no meio de ritos satânicos. Como disse antes, eu não captava mais que detalhes desses boatos, pois não me eram contados abertamente. De qualquer forma, as más línguas me remetiam à frase do vô naquele fim de tarde quando voltamos do cemitério.

Ele parecia ter deixado algo por acertar com a morte da vó, a quem ele amou demais. Aquela frase, que entrevia um assunto inacabado, era a ponta solta de um novelo que estava no centro de todos os boatos e que só eu conhecia. Algo sobre a morte da esposa indignara o vô. Com o tempo, esses boatos sumiram de minha percepção.

Quando minha adolescência terminou, parti da Baía dos Lagartos para cursar a faculdade em outro estado. A faculdade não era tão longe de São Jorge e eu ainda possuía amigos caros na cidade, então regressava com frequência.

Em certo recesso de inverno, com a entrega de um trabalho às minhas costas, encontrei-me em uma das bancadas de estudo da biblioteca pública, concentrado nos livros. Almeida, o médico da vó, tocou-me o ombro.

– Daniel, pouco me surpreende encontrá-lo aqui. – Ele usava uma voz que era quase um sussurro, respeitoso à biblioteca. – Aceita parar para um café?

Conversamos amenidades numa lanchonete do outro lado da rua. O doutor Almeida me fez muitas perguntas sobre a faculdade e parecia oscilar no interesse pelas minhas respostas. Sentia-me em revista como candidato à vida adulta. De alguma forma caímos, eu e ele, por vias mais ou menos premeditadas, no assunto da morte da vó. Eu sabia que ele fora o médico dela e a acompanhara até os últimos momentos. Em certo ponto da conversa, ele fez a seguinte pergunta, como quem solta uma pedrinha dentro de um poço profundo para ouvir o impacto na água:

– Você dá algum valor aos boatos que circularam em São Jorge, sobre seu avô querer se comunicar com a esposa depois de falecida?

Ele era amigo do vô. Nada o desabonava em minha opinião. Respondi que conhecia, sim, pelo menos uma dúzia.

– Seu avô me perguntou certa vez se havia algo de animador sobre uma prática que se noticiava na época, a de congelar os doentes para que despertassem em um futuro distante, quando houvesse cura para suas doenças. – Ele pescava minha reação por sobre a borda dos óculos enquanto adoçava com canela seu café.

– Nunca comentou nada semelhante comigo – eu disse.

– Um corpo pode ser conservado por muito tempo no gelo e com técnicas mais modernas, que eu por sinal não conheço, mas não duvido que existam. Talvez um corpo possa ser conservado por um tempo realmente longo. – Se antes seu tom era casual e quase leviano, agora ele fixava-me um olhar professoral e familiar: o professor que imagina prender a alma do aluno a uma lição. – A vida ainda não é um jogo de luzes, Daniel, ainda há muitos pontos cegos. Debatem-se no mistério filósofos e biólogos em igual demanda. Mas a morte é certa. Apenas com instrumentos simples, um corte aqui, uma aferição ali, algumas observações e quiçá uma ampola do sangue desfeito, descobre-se o motivo da morte de um homem. A morte é um fenômeno conhecido. Assim como se conhece a morte, pode-se impedir seu domínio sobre a matéria. Não estou falando de imortalidade. Uma vez tirada, nada pode trazer a vida de volta, está extinta e pronto. Mas o decaimento é maleável, responde ao controle.

– O vô nunca recebeu bem a morte dela, eu podia ver isso nele – interrompi a fala dele, percebi-me sem lastro. – Mas ele nunca se abriu muito comigo, realmente. Acho que a pressão o fez acreditar em coisas demais sobre a morte.

O doutor Almeida perdeu o interesse em mim. Tomou o resto do seu café muito rapidamente.

– Quando os velhos divagam, e aposto que seu avô já alugou o seu ouvido para esse fim muitas e muitas vezes, se conheço bem aquele ancião, quando divagam, as engrenagens se ajeitam, o mundo torna a ter sentido. Tudo nele.

Ele passou algumas orientações sobre o caráter do estudante aplicado antes de nos despedirmos. Voltei à biblioteca um pouco mais disposto do que quando a deixei mais cedo. Não lembro agora sobre o que era o trabalho.

O SEGUNDO EU

Em uma das minhas primeiras férias da faculdade eu voltei para a casa do vô e conheci Ruy e a história que uniria o destino de nós três. Eu o encontrei por acaso, na borda de uma clareira na floresta, desacordado ao pé de uma árvore. Nós estávamos a pelo menos três quilômetros da casa do vô e bem longe de qualquer outra propriedade ali na Baía dos Lagartos. Eu viera caminhando desde a nossa casa seguindo na direção oposta à praia e me distanciara o suficiente para chegar próximo aos limites do terreno.

Para estar deitado ali, Ruy devia ter atravessado o portão de ferro mais à frente, que delimitava o terreno e dava na intermunicipal. Alguém havia permitido sua entrada pelo interfone ou ele teria pulado o portão? Agachado em frente a ele, apreendi a imagem do homem desacordado ao pé da árvore, sua cabeça caída sobre o peito, pousada sobre uma barba ruiva muito densa, antes de me levantar e, em silêncio, afastar-me dele.

Um caminhão passou pela estrada arrastando atrás de si um grande estrondo. Ruy soltou um ronco súbito e despertou. Um tanto assustado, olhou em volta para a mata que nos rodeava e em seguida fixou o olhar em mim. Sua feição relaxou e ele pigarreou. Com um gesto de anuência da cabeça, fez entender que eu talvez não soubesse quem ele era, mas ele certamente sabia onde estava, o que estava fazendo ali e quem era o jovem que o encarava.

– Perdão – disse apenas –, sou o investigador. – Ele se levantou apoiando as mãos no tronco às suas costas, pondo-se de pé em apenas um impulso. Limpou a grama presa ao fundo de suas calças e estendeu a outra mão para que eu a apertasse. Eu não me movi.

– Investigador? – eu perguntei. – Você é da polícia?

– Sou um investigador particular, jovem, a serviço de seu avô – ele disse e abriu um sorriso. Pouco se via de sua boca sob a densa barba. Seus olhos e a lisura da face o colocavam aos trinta e poucos anos de idade.

– Você vai ter que explicar um pouco melhor – eu disse.

– Vamos caminhando. Te conto no caminho. Acabei de interfonar para a casa. Achei que você tivesse vindo me receber. Eu te conto por que estava cochilando no meio da propriedade do seu avô. Aposto que pareceu estranho ou até suspeito.

– Bom, você mais parecia que precisava de ajuda – eu disse, esperando esconder minha desconfiança.

Ele riu daquilo. Ele comentou que se realmente precisasse de ajuda estaria perdido, pois vinha caminhando há um bom tempo sem avistar ninguém, nada de abrigos ou qualquer ponto com uma linha telefônica de emergência.

Eu fiz menção de dar meia volta para ir embora e deixá-lo ali, quando ele pediu que eu esperasse. Ele pegou a mochila que estava no chão, apoiada contra a árvore. Retirou um pacote pardo e de dentro do pacote puxou um maço de folhas de papel e me entregou. Eram três folhas, pareciam ser uma carta. Imediatamente reconheci a caligrafia do vô.

– Esta é a última carta que seu avô me enviou, quando ele me convocou para cá. Houve outras, nas quais negociamos detalhes do meu contrato, e algumas que versavam especificamente sobre você.

Caro sr. Gill, escrevera o vô na abertura da carta. Li rapidamente as primeiras páginas e pulei para a última, onde reconheci sua assinatura. Eram aqueles traços compridos e cifrados que eu vira a minha vida inteira em documentos espalhados pela casa.

– Meu nome é Ruy Gill – o investigador me disse quando eu devolvi a carta a ele. Ele recolocou os papéis na mochila e a colocou sobre os ombros.

– Esse sobrenome é inglês? – eu perguntei.

– Minha família veio da Irlanda – ele respondeu – muito tempo atrás. Pode me chamar apenas de Ruy.

Antes de continuarmos a caminhada ele suspirou e olhou para o alto.

– Isso é vergonhoso, mas, sim, eu exagerei um pouco nas cervejas ontem no hotel. A paisagem aqui é tão bonita que eu achei que cinco minutos sob a sombra das árvores iria me recompor. – Ele abriu os braços num gesto que incluiu a clareira e as árvores cujas folhas balançavam com a brisa marítima.

Não tive certeza se aquilo me confortava ou não, mas era um fato que ele estava de posse de uma carta do vô que o convidava até nossa casa, então apenas dei de ombros, sem saber exatamente o que falar, e saí andando. Ele pareceu incomodado que eu não tivesse respondido nada, então adicionou que eu estava livre para contar ou não sobre as cervejas ao vô. Ele me seguiu e perguntou o que eu estava fazendo ali. Falei que estava dando uma caminhada pela floresta.

– Eu vejo que o neto tem apreço igual ao meu pelas caminhadas. – Ele colocou a mão sobre meu ombro. – É quando perseguimos as borboletas, não é mesmo?

A extensa área de mata virgem que circundava a casa do vô não formava uma vegetação cerrada, mas a abundância de árvores frutíferas na porção mais distante do mar, como amendoeiras e mangueiras, dava às minhas caminhadas um cheiro exuberante de natureza. O sol, que era exasperante a depender da época do ano, fazia o verde ao meu redor brilhar de forma intensa. As caminhadas regulavam o meu humor e na admiração pela natureza eu recuperava um pouco da minha autoconfiança, que tanto me faltou durante a adolescência e que então, vez ou outra, fraquejava no início da vida adulta.

– Você é um investigador de quê, exatamente? – eu finalmente perguntei, depois de algum tempo. – Em um romance policial, você estaria buscando sinais de uma infidelidade romântica, mas duvido que o vô o pagaria para isso.

Ele caminhava atrás de mim e sem perder o ritmo respondeu simplesmente que era um investigador da outra vida. Aquilo me soou primeiro como uma brincadeira, mas o tom que ele usou me levou a pensar que talvez fosse simplesmente um absurdo que ele criara para extorquir algum dinheiro do vô. Pensei rapidamente que isso faria sentido. Era até cômico.

– Um investigador da outra vida – repeti, sem saber como perguntar por mais detalhes sem parecer que eu considerava tudo aquilo muito ridículo.

– Você sabe o que é um autômato, Daniel? – ele perguntou.

– Conheço a palavra, mas acho que não sei bem o que significa.

– Um autômato é um ser, ou objeto, construído à semelhança de seu correspondente no mundo real, para que desempenhe de maneira idêntica tudo o que seu correspondente faz ou precisa fazer. Um autômato implica algo mecânico, um dispositivo que desempenhe alguma função sem auxílio de nada, nem ninguém. Um dispositivo construído de forma que seu único propósito seja o desempenho satisfatório de uma função. Você lê histórias de ficção científica, Daniel?

Eu respondi que não e ele me explicou que a ideia de homens autômatos era frequente nesse tipo de história.

– Você quer dizer robôs – eu perguntei.

– Os robôs são um tipo fantasioso de autômato, sim. Você já ouviu falar de robôs, isso é bom. Mas não pense em robôs. O meu argumento é simples. Imagine um homem autômato, um Daniel autômato, que desempenhe todas as mesmas funções que o Daniel-homem, você. Um Daniel-autômato que frequente a faculdade e volte para a casa do avô nas férias para fazer companhia ao velho, um Daniel-autômato que faça refeições três vezes por dia e dê longas caminhadas na floresta. Um Daniel-autômato que dorme e acorda e pensa e diz centenas de coisas ao longo do dia. Se você possuísse um desses autômatos, você, Daniel-homem, poderia deixar que o autômato vivesse os trabalhos do mundo e te deixasse livre para viver uma outra vida. Eu sou o investigador dessa outra vida.

Por um tempo ficamos em silêncio. Eu me concentrei no barulho que nossos calçados faziam sobre o solo, pisando as folhas e os galhos que encontrávamos no caminho. Começou a chover. Caíam uns pingos leves sobre as folhas acima de nossas cabeças e o vapor d'água nos molhava um pouco. A essa altura caminhávamos lado a lado, apressando o passo por medo de um recrudescimento da chuva. Enquanto eu driblava arbustos molhados e pulava por cima de velhas raízes, escutava o saltar e o arrastar-se de outros animais que também fugiam da chuva em busca de abrigo.

– Eu vou deixar o seu avô o colocar a par das exatas razões pelas quais eu vim até ele – Ruy seguiu falando. – Quem nos apresentou foi um empresário da região. – Ele disse um nome, mas eu não o reconheci. – Bom, se eu puder resumir, nós, eu e seu avô, estamos tentando entender algumas coisas sobre a história da Baía dos Lagartos. Desde que esse intermediário nos colocou em contato, nós viemos trocando correspondências sobre o assunto e enfim ele marcou a minha visita para conversarmos cara a cara, e, claro, incluir você na história.

Não estava claro se aquelas nuvens que se juntaram em um átimo sobre nossas cabeças iriam embora, ou se junto a elas chegariam outras, mais pesadas, mais escuras, para fazerem desabar em conluio sobre nossas cabeças um temporal qualquer.

Foi curioso que eu encontrasse Ruy naquele dia, no meio da floresta e perto da intermunicipal, pois eu raramente caminhava por aquelas bandas. Em geral, eu tomava o caminho do mar. O município de São Jorge é litorâneo e a Baía dos Lagartos ocupa uma faixa de praias ainda maior que a área do município, bem ao norte do centro.

Poucas casas foram construídas até hoje, ainda que a Baía remonte a no mínimo seis décadas. Todo o terreno aqui era antigamente uma única e extensa propriedade. Em meados do século, toda essa terra foi vendida a um consórcio de proprietários, que cuidaram de dividi-la e repassá-la ao longo dos anos, e então foi estabelecida a Baía dos Lagartos.

Na época em que conto essa história, a Baía era dividida entre um pouco mais de uma centena de proprietários diferentes. Alguns não haviam construído nada em seu lote, outros, sim. Não sei quantas casas existiam e em quantas as pessoas moravam o ano inteiro, como o vô e eu. Muitos apenas construíam casas de veraneio. As casas lá são dispersas, você pode andar uma manhã inteira ou uma tarde inteira e não encontrar outra residência. Se você subisse em um promontório, conseguiria ver por cima das copas das árvores os outros telhados, recortes de telha ou de madeira despontando como espectadores tímidos na floresta, que tomam distância um do outro e aguardam que você faça um pronunciamento.

A casa do vô fica próxima da praia. Existe uma trilha no quintal que atravessa um vestígio de mata atlântica por um quilômetro e guia o andarilho até onde começa a faixa de areia. É um quilômetro na sombra de ramos entrelaçados e acompanhados pelo rumor cada vez mais volumoso da massa de água do mar, revirando-se sobre si própria, e o seu cheiro convidativo. Quando enfim chegamos à praia, encontramos uma plataforma de madeira que o vô pediu que construíssem como deque de observação, para piqueniques ou drinques, para aqueles que chegam até aqui e preferem guardar sua distância das águas escuras do oceano. Eu não entendo esse pessoal. Quando eu chego ao deque, a primeira recompensa após a vista do mar é o toque da areia na sola dos meus pés descalços quando eu desço das tábuas de madeira envernizada. Para mim, mais que o som caudaloso das águas ou o toque abrasivo do sol na minha nuca, é o abraço dos pés com a areia que me coloca em definitivo sob o feitiço que é estar na praia.

Uma vez na areia, não importa que eu olhe para a esquerda ou para a direita, a extensão alva do litoral, que segura o avanço de um oceano que nunca quer ficar parado, alonga-se em uma geometria metacartesiana que não finda, segue a desdobrar-se enquanto o horizonte se reproduz. É preciso andar por muito tempo pela praia para encontrar um outro deque ou um portão de acesso para uma outra casa. Outros banhistas, dificilmente os vejo quando caminho pela praia. Alguns ficariam assustados com isso, mas eu encontro certa paz na solidão.

Uma solidão, claro, que seja saudável, finita, nunca infinita como a praia da Baía dos Lagartos quer convencer-nos que ela seja.

Eu e o investigador Ruy chegamos em casa antes da hora do almoço. A mata fica mais esparsa nas proximidades da construção principal, de forma que já vínhamos caminhando com a casa com suas cores de salmão em vista há algum tempo. Quando finalmente deixamos o mato para trás e pisamos no gramado bem cuidado, erguemos o olhar para o telhado que despontava em um céu que acabara de ser lavado, de um azul brilhante, o telhado que parecia forçar uma invasão contra o reino da placidez brilhante do sol.

Como a gente estava com os calçados sujos de lama e barro, eu sugeri dar a volta e entrar na casa pelos fundos.

– Pensando bem – eu disse – você é um convidado do vô, com despesas pagas, e eu estou te levando pela entrada dos fundos.

– Você quer dizer o convidado que foi pago para prestar um serviço – Ruy respondeu – e que, pior que se apresentar sujo de barro e de grama, quase perde o horário por conta de uma bebedeira de última hora. Se você parar para pensar, o cliente pegou o profissional dormindo em serviço.

Fomos recebidos na porta dos fundos por Lurdes, que acompanhou o nosso progresso pelo quintal com um olhar sem expressão. Ela estava com as mãos dentro do bolso da frente de seu avental e nos olhava com cuidado. Lurdes era uma mulher alta e de constituição forte. Por muitos anos ela foi a governanta da nossa casa, comandando com austeridade a equipe que contava com um caseiro, que era também motorista do vô quando solicitado, e um cozinheiro e um auxiliar de limpeza, que visitavam a casa a cada dois dias, mais ou menos. Sua idade era indeterminada, a despeito dos cabelos rajados de branco e cinza, presos em um rabo de cavalo que lhe caía até as omoplatas, e das rugas que vincavam seu rosto em formas sempre cambiantes. Ela chegava pela manhã pouco antes de o caseiro acordar – ele morava em um sobrado na propriedade – quando o dia ainda estava escuro, e voltava para São Jorge no fim da tarde. Nunca soube o que aquela mulher realmente pensava de mim porque ela não se permitia amizades.

– Bom dia, Daniel – ela me cumprimentou quando alcançamos a porta dos fundos, e fuzilou o investigador com um olhar severo e mudo.

Ruy estendeu a mão:

– Bom dia, acredito que falamos ao interfone, eu sou Ruy Gill.

– Ah, o investigador – disse Lurdes, e a severidade de suas feições esmaeceu um pouco. – Esperamos o senhor, mas custou a aparecer. Seu Tadeu estava se perguntando se deveria enviar o caseiro para te procurar.

Nós limpamos a sola dos sapatos no capacho, mas Lurdes não ficou satisfeita. Ela desapareceu em um dos quartos do fundo da casa e voltou com dois pares de pantufas envoltas em plástico. Ela nos guiou pela cozinha, dominada por um cheiro doce e oleoso, onde se preparava um frango assado com tomilho e manteiga.

Atravessamos o corredor que levava até a sala de estar, onde a porta estava aberta porque o ajudante de Lurdes arejava os cômodos. Pela porta aberta nós vimos o gramado verde por onde saímos da floresta. O caseiro atravessou a nossa visão carregando um grande cesto de lixo sobre rodas.

Lurdes parou na frente da porta e se virou para Ruy e pediu que esperasse ali, enquanto anunciava ao vô sua chegada.

– Seu avô está na biblioteca, Daniel. Venha comigo.

Atravessando as salas de estar e de jantar, a biblioteca ficava atrás de um par de portas de vidro fosco. Ela parou em frente à porta e bateu com uma suavidade precisa os dedos na moldura branca de ferro. O vô lá dentro disse que Lurdes podia entrar.

Todas as cortinas na biblioteca estavam fechadas e havia apenas a iluminação elétrica. A luminosidade da manhã que inundava a casa atrás de nós sumiu do outro lado das vidraças foscas que isolavam a biblioteca, entre as pesadas estantes de ferro onde ficavam os livros do vô. Dentro da claridade aveludada e artificial, estava sua figura miúda, debruçada sobre uns papéis em sua escrivaninha.

Ele girou o assento de sua poltrona para trás e arqueou as sobrancelhas ao me ver.

– Então voltou de sua caminhada.

– Voltei e encontrei o investigador.

O vô pediu que Lurdes chamasse o sr. Gill para se juntar a nós na biblioteca. Ele seguiu os passos dela com olhos ávidos e percebi que estava se precavendo contra iniciar um segredo na presença da mulher. Uma vez que ela saiu da biblioteca e ouvimos o estalo da fechadura, o vô olhou para mim e pareceu se envergonhar com o que precisava falar. Ele tinha a postura de quem precisava admitir a contragosto que possuía um segredo.

A primeira casa foi construída na Baía dos Lagartos (quando ainda não tinha esse nome) no final do século 19, quando o proprietário daquelas terras, o barão português Xavier Gois, trocou sua residência no Rio de Janeiro por São Paulo.

A vida do barão Gois foi muito bem documentada em periódicos da época e em seus diários pessoais. Ao que parece, era um homem extremamente dependente da opinião alheia e do reconhecimento público. O vô descobriu com facilidade muito material sobre ele enquanto ativo econômica e politicamente no Brasil. Além disso, ele deixou uma quantidade imensa de diários preenchidos de próprio punho, que mostrava menos uma preocupação com a reflexão íntima que um desejo de ser descoberto pela posteridade. O vô adquiriu os seus diários através de um leiloeiro em Portugal, após um longo período de troca de missivas com os descendentes do barão em Lisboa. Todos os diários e periódicos estavam acondicionados em uma seção da biblioteca.

O barão foi o primeiro dono por ofício daquelas terras. O vô nos contou, naquela manhã da chegada do investigador, na biblioteca, que o barão Gois e sua família viveram em uma mansão que já não existia mais na Baía dos Lagartos. A mansão foi demolida a pedido do barão, quando a família voltou para Portugal numa fuga que os periódicos justificaram com autodepreciação.

O vô pediu que tivéssemos paciência com ele. Mesmo que não acreditássemos logo no que ele tinha para falar, que ao menos esperássemos pelo desfecho, no qual ele ofereceria uma compensação pela suspensão de nossa descrença.

No registro acerca de uma noite de novembro de 1904 – um registro numa escrita apressada, repleta de rasuras – está escrito que, ao se sentarem para a ceia, o barão, sua esposa e os filhos do casal foram interrompidos por um alarido estrondoso de cães, vindo do interior escuro da selva. O barão escreveu que só podiam ser cães, pois lhe prometeram que não havia lobos naquela região. Os animais uivavam loucamente na selva. Por um instante a família parou para escutar os barulhos imateriais que chegavam pelas janelas fechadas e faziam vibrar a sala da ceia. Eles olharam para as janelas, mas viram apenas os seus reflexos contra o fundo negro da noite.

O barão levantou e se aproximou e olhou para dentro da escuridão. Ele descreveu o que viu como espectros, mas sua impressão foi a de que dezenas de pessoas passavam sob sua janela carregando tochas na noite. Seriam os empregados da casa, investigando o barulho dos cães? As formas se moviam em direção à floresta, com passos arrastados, sem muita pressa, sem muito medo da noite. Por que as tochas eram azuis, ele se perguntou. Não eram tochas, realmente. O barão escreveu em seu diário que aquelas formas humanas incautas se movendo no breu da orla de uma selva não seguravam o fogo, elas eram o fogo. Suas formas humanas, braços, pernas, cabeça ardiam por inteiro e o fogo que lhes queimava era azul, claro, cambiante, translúcido. Apenas a forma queimava, não havia um corpo ardendo por baixo das chamas. O fogo tinha forma de homem, vários homens, e caminhava floresta adentro.

Os cães se calaram. O barão se afastou da janela, pois ouviu sua esposa o chamar. Queria acompanhar a visão das figuras em chamas caminhando na noite, mas voltou para o seu lugar à mesa antes que os outros se levantassem para se juntar a ele na janela. Ele terminou o seu jantar sem qualquer menção ao que tinha visto.

Enquanto o vô nos contava a história do barão Xavier Gois, a hora do almoço se aproximou. No ponto em que os espectros apareceram na história, junto à descrença sentíamos fome. O vô disse que ia parar a história naquele ponto e que após o almoço ele a retomaria. Tentei buscar um olhar de cumplicidade pelo absurdo da história junto a Ruy, mas ele me evitou.

Conversamos sobre a comida em São Jorge até quando foi servido o frango assado que eu espiei mais cedo na cozinha. Eu e o vô acompanhamos a refeição com uma cerveja de trigo encorpada, muito gelada, que Ruy declinou por alegar estar de dieta. Eu vi que ele cobiçou nossos copos com os olhos e se serviu de um pouco mais de batatas. Para sobremesa, aproveitamos um pouco de sorvete de banana caseiro. Em seguida, o vô pediu a Lurdes que nos servisse um café na biblioteca.

Quando estávamos novamente a sós, ele continuou sua história. O vô havia sumarizado tudo que ele queria nos contar nas folhas de um caderno com capas de couro que ele mantinha aberto sobre a escrivaninha e consultava minimamente. Ele seguiu contando os percalços do barão como se a história houvesse acontecido com um conhecido. Se não fosse a expressão compenetrada do vô, que eu só via enquanto ele trabalhava em alguma coisa, eu desconfiaria que ele inventara a história dias antes da chegada de Ruy, para entreter o convidado e o neto que não via durante a maior parte do ano. Ruy acompanhava a narrativa do vô com atenção e quase não o interrompia.

De acordo com os registros nos diários do barão, nos dias seguintes à noite dos espectros, ele começou a duvidar que seria possível continuar naquela casa. O barão registrou que começou a enxergar a si mesmo envolvido em tarefas diversas pela casa, no jardim, às vezes andando a esmo, alheio a tudo. A primeira vez que ele viu seu duplo foi no gabinete, quando entrou ali após o desjejum para buscar alguma leitura e viu a si mesmo de costas. Encarava a pintura de uma canoa solitária. Quando ele se virou, o barão perdeu a capacidade de qualquer reação. Viu no rosto que se perfilava à sua frente suas próprias feições, a ponto de se confundir. Talvez fosse o seu reflexo em alguma superfície espelhada, posta ali por alguém sem que lhe avisassem. Mas por que o reflexo se movia, enquanto ele mesmo estava parado? Às suas costas a esposa roçou-lhe o braço ao entrar no gabinete, murmurando qualquer ordem que antecipava transmitir aos serviçais. Ela não notou a figura dupla do barão e esta, mais uma vez, moveu-se alheia à imobilidade do barão. Não era, pois, um reflexo, mas um fantasma. Mas o que poderia significar um fantasma de si próprio?

– O que ele fez? – perguntou Ruy.

– Ele não confrontou o duplo – respondeu o vô. – O barão primeiro falou com a esposa, queria ter certeza de que sua voz funcionava, de que não estava morto, não era ele o fantasma. Em seguida, foi embora.

– Esse foi o único encontro? – Ruy fez uma nova pergunta. – Ele não tinha certeza então de que era um fantasma, de que era uma imagem.

O vô olhou para Ruy avaliando a pergunta. O vô era um homem pequeno, sua barba branca e convoluta lhe dava a aparência de uma pequena fera. Ele respondeu que havia mais encontros de fato.

Desde o início o barão teve o pressentimento de que aquilo era fruto da sua imaginação. Era flagrante como ninguém mais notava o duplo. Além disso, ele sumia por trás de portas e mobílias como se nunca tivesse estado ali. O barão não ousou interpelar a figura, saía dos cômodos em que ela estava. Em poucos dias toda forma de medo aflorou dentro dele.

As entradas no diário do barão mostram os registros de alguém que começava a duvidar da segurança que podia ter nesse mundo. Ele escreveu longas diatribes sobre a família, os funcionários da mansão, convivas.

O efeito do sobrenatural sobre sua mente foi acender uma lanterna paranoica com a qual ele passou a enxergar tudo. Seus próprios filhos são repassados em seus relatos, suas intenções, suas teimosias, seus desejos secretos pela queda do pai. Mais tarde, alguma reviravolta se operou na sua psique e ele foi assolado por uma paz aterradora. Passa a escrever longas passagens em que dirime as pessoas próximas de si de quaisquer suspeitas, pois sabia agora quem queria o seu mal.

As aparições do duplo se tornaram mais frequentes. A escrita do barão tornou-se mais cuidadosa, matemática, menos prolífica. Após algumas semanas, anotava apenas o local e o horário aproximado da aparição. Até que ele decide agredir seu duplo.

Em uma noite quente de janeiro, o barão desceu à cozinha para comer uma fatia de um bolo de laranja que o incitara mais cedo. Ele estava só. Apenas um lampião queimava em cima da mesa. Vinha cogitando durante o dia que talvez o duplo nunca deixasse a casa.

Ele viu o duplo esgueirar-se como uma sombra junto ao fogão. Não o viu entrar na cozinha. Quando o duplo se virou, viu o olhar ensimesmado naquela face idêntica à sua. O barão entendeu que a figura não sabia onde estava, quiçá não sabia quem era, e o barão decidiu que iria matá-la. Rápido como não julgava sê-lo, o barão caminhou em passos decididos até o duplo e o esfaqueou na altura das costelas. Ele foi ingênuo ao pensar que a faca atravessaria a figura como se atravessaria uma massa de névoa e descobriu que o duplo era feito de carne e osso. O barão sentiu a lâmina prender entre as costelas do duplo. O outro gemeu com o golpe, dobrou o corpo e se apoiou sobre o fogão. O barão não permitiu que ele se virasse, repetiu o golpe com mais força, duas ou três vezes, até o duplo cair. O barão ofegava e sua mão tremia. Pensou sobre o que fariam os primeiros empregados a entrarem na cozinha na manhã seguinte. Um cansaço pavoroso o invadiu e ele só teve discernimento para voltar para o seu quarto, onde se deitou sem despir-se. Na manhã seguinte, uma náusea violenta o impediu de sair da cama. Sua esposa lhe perguntou por que a faca da cozinha estava no chão e se ele não estaria mais confortável sem as roupas do dia no corpo, mas nem ela nem qualquer outra pessoa, em qualquer momento, lhe questionou sobre um cadáver na cozinha.

A tarde na biblioteca passou no esmiuçar de mais registros de assassinatos e assombros. O barão encontrou e assassinou o seu duplo mais uma dúzia de vezes até enfim decidir vender a casa, colocá-la abaixo e partir de São Jorge.

– Uma alucinação de dimensões matemáticas? – o vô perguntou para Ruy – ou uma assombração persistente?

Fingi interesse por um momento:

– A propriedade que o barão vendeu é esta que se tornou a Baía dos Lagartos, correto?

– Isso mesmo – respondeu o vô. – Por se tratar de uma lenda antiga da região, eu quis investigar a fundo. Terá tudo sido uma loucura do barão, ou a balbúrdia de espectros e duplos realmente aconteceu, e a Baía dos Lagartos está esperando o momento propício para uma segunda ocorrência?

– De acordo com as cartas que trocamos, Tadeu – Ruy interpôs sua opinião – eu diria que a segunda ocorrência já começou.

Decidi que Ruy era um tratante e queria extorquir dinheiro do vô. Eu apenas não entendia o que aquilo tinha a ver comigo, mas achei que em algum ponto, se me permitissem a participação na loucura, eu teria de convencer o vô a voltar para a realidade, antes que ele desse um passo do qual se arrependesse.

– Daniel, você prestou atenção no que aconteceu com o barão Xavier Gois? – o vô perguntou, talvez porque houvesse notado que eu estava com o olhar perdido nos caibros do teto.

– Vô, acredito que você tem em mãos o registro minucioso de um colapso mental.

– Não é só loucura, Daniel – o vô respondeu –, eu e o Ruy demos início a uma compilação rigorosa dos fatos.

– Vô, os diários podem ser falsos.

– Os diários foram adquiridos com um selo de autenticidade de um especialista da Universidade de Lisboa. Eu também apresentei uma amostra considerável do material a um catedrático da Universidade de São Paulo – o vô disse com paciência, parecia ter esperado aquele tipo de colocação vinda de mim – ocultando, claro, o que motivou a compra de todo esse material. Ele pareceu bastante satisfeito com o certificado português de autenticidade e não encontrou nas amostras nada que o desmerecesse.

– Sim, tudo bem, não vou mais argumentar que os diários podem ser falsos. Mas vocês devem ter considerado, certamente, em algum momento, que o barão estava realmente insano quando escreveu essas coisas – fiz questão de incluir o Ruy na minha colocação, pois queria saber o que ele realmente pensava de tudo aquilo. – Ou, no mínimo, cogitaram que o barão inventou tudo isso por tédio, sei lá.

– Nesse estágio não descartamos nada, Daniel, nem a verdade, nem a possibilidade de uma verdade. Ainda que seja desconfortável.

Olhei para o vô e imaginei que não o demoveria da fantasia naquela hora.

– Como eu encontrei Ruy mais cedo na floresta, ele já se apresentou. Mas eu não entendi o que ele veio investigar. Vocês podem me explicar?

O vô olhou para o relógio na parede e disse que deixaria o assunto para amanhã. Ele estava cansado. Disse-me apenas que confiasse em Ruy ou que ao menos confiasse em meu velho avô.

O relógio indicava o fim da tarde, mas a luz na biblioteca permanecera a mesma ao longo do dia e todos nós admitimos que um descanso seria bom. O vô perguntou se Ruy gostaria de ficar para o jantar, mas ele respondeu que voltaria para o hotel e que gostaria de experimentar uma pizzaria que viu na avenida principal de São Jorge.

Mais tarde naquela noite pensei por um longo tempo. Não perdi tempo considerando as fantasias de um barão português do início do século, mas as fantasias que o vô talvez acalentasse em seu íntimo. Pensei com uma postura algo paternal, assumindo prematuramente um papel de cuidador. Sim, o vô era um homem idoso e em algum ponto da vida eu já não confiaria plenamente eu sua capacidade de julgamento, mas parecia que esse momento havia chegado cedo demais.

Eu estava há alguns anos morando fora de casa, pois cursava faculdade fora do estado. Eu acredito que voltava com frequência para casa, mas o estado em que vi o vô aquela tarde me fez duvidar, me fez questionar se acaso eu não estivera décadas fora de casa. Senti-me culpado por não ter estado presente enquanto germinaram essas paranoias funestas de que morávamos em uma terra amaldiçoada por espectros e fantasmas que se multiplicavam. Forcei a memória, mas não consegui recordar um momento no passado recente onde o vô demonstrara qualquer desequilíbrio. Ele sempre pareceu ter um domínio muito seguro sobre sua vida. Ainda que ele me houvesse revelado apenas naquele dia, de chofre, que acreditava em fantasmas e quem sabe em que mais, senti que eu falhara em antecipar aquilo.

Quando Ruy chegou em casa na manhã seguinte, após comermos uns pãezinhos de queijo com uns gomos de tangerina e algumas xícaras de café, demos a volta no jardim e saímos por trás da casa, pela passagem que dá acesso à praia, para nos sentarmos no deque.

Eu estava ansioso, não por saber qual rumo a história ia tomar, mas porque temia não ser competente em minha argumentação para fazer o vô esquecer tudo aquilo. Também, havia a presença de Ruy, o investigador, que tornava aquela pequena assembleia à beira-mar esquisita desde o início. Eu esperava poder conversar claramente com o vô, levá-lo à razão, mas não tinha certeza qual seria o papel de Ruy.

O vô tinha nas mãos um envelope branco e seus dedos estavam inquietos.

– Foi aqui que eu encontrei meu duplo – disse o vô, olhando para algum ponto distante na areia. – Sua avó estava muito doente naquela época. Todo mundo tinha esperança de uma melhora, mas no fundo sabíamos que o fim dela estava próximo. Eram duas enfermeiras, além da Lurdes, em casa o tempo todo. Não poupei nos gastos, eu queria garantir que ela tivesse o melhor conforto. Sabe, às vezes são os detalhes que fazem a diferença no dia da pessoa, e eu queria saber que ela contava com o melhor que ela podia ter dentro de casa, mas eu não aguentava ficar lá dentro. Eu me escondia na biblioteca ou me escondia aqui. Você lembra, Daniel, quando eu o chamava para vir brincar na praia porque a vó precisava dormir e eu dizia que você fazia muito barulho. Muitas vezes eu vinha só. Sentava aqui e pensava em várias coisas. Pensava em qualquer coisa. Só não queria estar em casa.

O vô ergueu o braço e apontou para um ponto distante na areia.

– Ele surgiu mais ou menos dali. Eu o enxerguei ainda muito diminuto à distância, sem me preocupar com quem era que vinha daqueles lados. Acho que eu estava cansado de olhar sempre para o mar, ou para os pés, ou para as palmeiras, então eu vasculhava o horizonte. Vi sua figura se aproximar, perguntando-me quem podia ser. Um turista? Não era a época do ano. Pensei que fosse alguém de família dos Matias. Parecia haver algo familiar no seu caminhar e na sua silhueta. Eu o acompanhei com os olhos até ele chegar muito perto da escada e chamar meu nome.

– Tadeu – a figura disse –, bom dia! Tudo bem com o senhor?

– Aquilo me desconcertou um pouco, ele deveria ser um estranho. Respondi ao cumprimento. Bom dia, eu disse. Ele perguntou se podia se sentar ao meu lado, pois estava cansado, e enquanto ele perguntava, não parou de andar, e quando me dei conta ele já estava subindo a escada para o deque. Primeiro foram as roupas. Naquele dia eu estava usando uma camisa fresca de linho, um presente de sua avó, e eu havia abotoado a camisa somente até a metade do peito, e o estranho usava a mesma camisa e também abotoara até a metade do peito. Ele também usava o mesmo calção azul escuro estampado.

– Sua memória é muito boa, Tadeu – disse Ruy.

– Ele sentou ao meu lado, aí onde você está sentado, Ruy. As cadeiras eram outras na época. Ele sentou e eu vi que o seu rosto era igual ao meu. Sua magreza e sua postura eram iguais às minhas.

– Por favor, não se ofenda que eu pareça com você, Tadeu – ele disse.

– Perguntei se era um fantasma e ele me respondeu que eu poderia tratá-lo por fantasma se preferisse.

– Para simplificar uma discussão que pode ser deveras longa – seu duplo falou – acredite que o senhor ainda está vivo. Quanto a mim, eu sou um outro você. Talvez você esteja pensando que sou uma alucinação, mas eu prometo que sou tão real quanto a cadeira em que estou sentado.

– Eu perguntei o que ele queria – disse o vô.

– Sei que sua esposa está doente. Muito doente.

– Ele falava manso, olhava para o mar.

– Se você me fizer um favor, eu posso salvá-la.

– Lembro-me bem dessa frase, pois ela me assombrou nos anos seguintes. Eu perguntei se ele permitiria que eu tirasse uma foto, pois a semelhança entre nós dois era absurda. Ninguém acreditaria naquele encontro. Eu mesmo não acreditava. Ele disse que preferia que eu não contasse aquilo a ninguém, mas não ia se opor a uma foto. Eu levantei da cadeira no mesmo instante e parti em direção à casa. No meio do caminho pensava no absurdo da situação. Mas a vida me dera um golpe tão brutal, assim eu me justificava, que eu me permitiria a extravagância de transpor a sensatez. Eu voltei ao deque com a máquina fotográfica. O meu duplo parecia incomodado. Perceba, Daniel, como eu esqueci por completo a proposta do duplo.

As mãos do vô tremiam enquanto ele tirou uma polaroide já esmaecida de dentro do envelope branco. Ele se levantou e colocou a foto nas minhas mãos. Na foto, o vô estava em pé com o braço por cima dos ombros de um homem – a aparência e o vestuário de ambos eram idênticos.

Por alguma razão, achei que o homem que passava o braço por cima do outro era o vô, mas talvez o vô fosse o outro, e um sósia passava o braço por cima de seus ombros.

Passei a foto para Ruy, que a olhou por um tempo e a devolveu para o vô.

– Guardei essa foto por muito tempo sem mostrar a ninguém. Qualquer um a quem eu mostrasse pensaria que eu tinha pagado um sósia para posar ao meu lado. Eu perguntei para o duplo como é que eu nunca o vira antes pelas redondezas e ele me respondeu que não morava ali e que viera pelo interstício. Eu não sabia do que ele estava falando. Ele usou um tom solene para me explicar o seguinte:

– Em algum ponto o meu mundo colou-se ao seu, como duas fitas que se grudam uma na outra. É muito difícil separar as duas, mais difícil ainda pular de uma para a outra. Mas existe o interstício. É uma passagem secreta, que aceita uma troca. No mundo de cá, eu recorto um pedaço da fita com a minha forma, então eu pulo para cá; no mundo de lá, o recorte fica como garantia do meu retorno.

O vô riu.

– Até hoje não entendo a sua explicação. Bom, ele repetiu que precisava de um favor e eu falei que não estava em condições de ajudar ninguém. Era desconcertante. Para ele também, foi o que eu achei. Ele simplesmente pediu licença e foi embora.

O vô nos disse que não havia espaço em sua cabeça para ideias extravagantes, uma vez que a doença da vó progredia. A proposta vaga feita pelo duplo sumiu em meio a outras demandas. Eu não o julguei negligente, mas vi em seu olhar hesitante naquela manhã que ele sustentava dúvidas sobre ser ou não culpado pelo falecimento da vó.

Cerca de um ano depois, com a vó nos estágios finais da doença, o duplo o visitou novamente. O vô nos disse que planejava caminhar na praia, mas deixou seu plano de lado e ficou em pé no início da escada que levava do deque para a areia, quando viu o duplo se aproximando. Quando a figura estava próxima o suficiente para ser ouvida, ela acenou e chamou o vô pelo nome.

– Bom dia – o vô disse. – Está perdido por aqui, meu amigo?

– Oi, Tadeu. Acho que já nos conhecemos antes.

– Seu rosto familiar não engana ninguém – o vô custava a manter a calma. – Não sei que espécie de golpe você veio propor hoje, mas eu peço que se retire.

O duplo guardou silêncio.

– A praia é comprida, você pode esmolar por ajuda no deque de qualquer um aqui, são todos muito caridosos. E eu não me lembro de me apresentar a um farsante. Pare de usar o meu nome. Você não me conhece e eu não te conheço. Não sei qual a trupe que te paga para você vir aqui atuar em cima do luto dos outros, mas peço que volte para eles.

O vô estava decidido a pôr um fim à pantomina do duplo. Ele era uma fortaleza cética apoiada em uma dor surda e cega. Não percebeu que uma segunda figura se aproximava pela praia.

– Tadeu, eu entendo sua desconfiança, mas não precisa ser um ignorante. Você poderia escutar o que eu tenho a dizer. Eu não vou lhe fazer mal.

– Ora, você deveria estar preocupado se *eu* não vou lhe fazer mal. Posso lhe agredir com a facilidade que me dou um tapa pela manhã para despertar.

O vô começou a descer a escada. O duplo se manteve paciente. O vô estava cedendo a uma vontade infantil de ser teimoso, porque quem está em dor geralmente se acha no direito de seguir suas teimosias. O duplo, no entanto, parecia ser feito de uma fibra um pouco mais gélida, e suportava de forma estoica uma discussão que não parecia ter vontade de ganhar.

O vô nos disse que não pretendia agredir o duplo, é claro, mas aquela calma o enervava. Se ao menos o outro tivesse vindo pedir dinheiro, se fosse mais claro sobre suas intenções, o vô o trataria diferente.

O vô nos disse que só a enxergou quando estava parada ao lado do seu duplo. Era a vó. Tudo bem, era o duplo dela, mas era ela. Com uma roupa que ele não reconheceu, mas o rosto era o mesmo. E o que de fato o desarmou, o que de fato fez o vô se segurar com força no corrimão para não cair de cara na areia, foi o sorriso: calmo, compreensivo, distante, feliz e impossível. O duplo da vó passou seu braço pelo braço do duplo do vô e aquilo quebrou um pouco do encanto.

– Oi, Tadeu – ela disse. O vô percebeu sem surpresa que a voz era a mesma que ouvira por anos. Talvez porque o duplo teve medo do olhar que o vô lançou para ela naquela hora, ele tomou as mãos dela entre as suas e a puxou para mais perto de si. Aquele homem que a tomava pelas mãos, que era tão igual a ele próprio e, no entanto, tão odioso, jamais poderia ser quem ele dizia que era. Apenas ela era verdadeira.

– O que eu sou para vocês? – o vô perguntou. – Não basta me pregar uma peça maldita, não basta enfiar a lâmina, mas é preciso torcê-la?

– Não quero nada de você hoje, Tadeu – o duplo disse. – Hoje, não. Vim apenas porque não gostaria que ficasse com uma impressão errada. Na verdade, não gostaria que ficasse com essa ideia na cabeça com a qual me recebeu agora há pouco.

O duplo da vó sustentou o olhar do vô, que não desgrudou dela. Contudo, aquele sorriso que o abraçara um mero instante atrás foi desfeito.

– Vim apenas para que você visse com os próprios olhos uma coisa em que comumente não se acredita. Quem sabe amanhã você já nos tenha esquecido ou ache que tudo não passou de um sonho. Mas, quem sabe, um dia você se lembre.

O duplo da vó o puxou pelo braço e os dois começaram a se afastar.

O vô demorou até descer a escada do deque para a areia. Quando os alcançou próximo à água, puxou o duplo da vó pelo braço. O seu duplo se virou e colocou a mão sobre o peito dele.   O vô manteve o aperto no braço dela. Ele nos contou que não conseguia descrever a sensação do tato.

– Mas você é uma pessoa de verdade.

– Sim, Tadeu – ela disse e olhou para o duplo do vô. – Mas o que é *de verdade*? Você sabe dizer?

– Eu te contei do interstício. É de onde viemos – disse o duplo do vô.

– O que vocês querem de mim? Por que existe você e existe ela? Não existe mais ninguém? Eu não entendo nada do que está acontecendo. Será um sonho?

O vô deu alguns passos para trás quando percebeu que a imagem do casal de duplos começou a falhar. O contorno dos dois tremulou como se suas figuras fossem feitas de água. O vô sentiu que os pelos em seus braços se eriçavam. Algo próximo à antecipação de um choque elétrico. Ele viu que seu duplo disse algo, viu sua boca se movimentar, mas não conseguiu captar suas palavras. Ali tão perto da rebentação, as palavras do duplo se perderam com o barulho do mar. O vô continuou se afastando e a imagem do casal de duplos continuou a tremer e foi se tornando cada vez mais transparente. Antes de a imagem sumir por completo, o vô gritou bem alto, pedindo que seu duplo repetisse o que estava tentando dizer, pois não ouvia nada por causa do mar.

Os anos se passaram. O vô envelheceu, eu cresci e por muito tempo nenhum dos dois, nenhum dos duplos, voltou para visitar nossa casa na Baía dos Lagartos.

Quando o vô me contou essa história, naquela manhã, eu entendi uma característica dele. Enquanto eu cresci, sempre achei interessante o quanto o vô gostava de ficar sentado no deque.

É um deque pequeno. Creio que foi construído para que o vô e a vó desfrutassem do nascer ou do pôr do sol sentados ali, sem precisar descer até a areia. Ali não há espaço suficiente para instalar uma churrasqueira, por exemplo, sem que se faça um tumulto e o churrasco se torne desconfortável por conta da proximidade do fogo. Quando criança, cheguei a levar uns amigos da escola e montar um piquenique em cima das tábuas, mas depois que todos nós crescemos, aquilo se tornou inviável. A gente preferia ir para a praia, jogar bola na areia ou entrar no mar. O deque era apenas onde a gente deixava os chinelos e as toalhas, nunca onde a gente permanecia. O vô, no entanto, sempre gostava de passar o tempo sentado ali, acredito que esperava por alguém.

A HISTÓRIA DE RUY GILL

Então, Ruy nos contou sua história. O que o levou até nós. Ele foi muito seguro de si no relato, de forma que eu quase conseguia vê-lo pelas ruas de São Paulo...

Em um fim de tarde em maio, ele tomava um café espresso na penumbra de uma cafeteria meio rústica em São Paulo, chamada Relíquias do Café. Nos fundos da cafeteria, o proprietário montou um negócio de compra e venda de artigos usados, os itens distribuídos sobre móveis antigos e escuros.

Ruy estava sentado em uma posição que lhe permitia ver a rua. A vidraça que o separava do exterior, um contraste com a penumbra da loja. A rua estava a meio caminho entre espaço nobre e decadência histórica – como era muito arborizada, com prédios de quatro e cinco andares empilhados em ambas as calçadas, pouca luz natural conseguia entrar e se espalhar pelo ambiente, tornando-o soturno. Uns abajures espalhados sem métrica nem harmonia faziam o possível para clarear o interior da loja.

Essa era sua sexta vez no Relíquias do Café? Em questão de poucos dias? Ele visitava o lugar com assiduidade porque aquilo era uma demanda do seu novo emprego. Sem pressa, enquanto sorvia seu café, pensava com langor em coisas como: valor do aluguel, conta de energia elétrica, quadro de funcionários...

Ruy captou com o canto do olho que sua esposa o espiava da calçada do outro lado da rua, disfarçando-se sem muito sucesso atrás de uma fícus. Ruy desviou sua atenção imediatamente. Pensou tê-la apanhado no ato de se esconder por querer ocultar que o espionava. Ruy achou prudente não olhar uma segunda vez. Era sua esposa, disso ele não tinha dúvida.

A vidraça na frente do Relíquias do Café estava muito limpa naquele dia e sua esposa havia parado em um ponto conspícuo. Ainda que uma parte de sua silhueta esguia estivesse oculta por trás da fícus, foi imediato para Ruy reconhecer a esposa. Ela usava um terninho monocromático com uma blusa bem folgada por baixo, a saia terminava em seu joelho. O ângulo em que juntava as pernas numa pose que permitia correr dali quando preciso, familiar como os gestos dos parceiros costumam ser após uma longa convivência, a ansiedade em seu rosto, que não olhava para ele, mas focava um ponto mais à frente na rua, onde talvez o estouro no escapamento de um carro chamara sua atenção, a cor inconfundível do cabelo – uma porção de detalhes, somados, resultaram na compreensão de que era sua esposa do outro lado da rua. Ela estava ali, na posição de quem deseja espiar, sem a malícia para fazê-lo, que a denunciou.

Ruy concentrou seu olhar na xícara de café sobre a mesa, virando-se de vez em quando para ler qualquer coisa na revista especializada em automóveis aberta ao lado do pires. Não desejava que a esposa percebesse que ele a notara. De forma alguma queria abordá-la. A situação era incongruente. Por que ela estava ali? Estava certamente longe do trabalho, e não teria chegado ali sem terminar mais cedo o expediente. A presença de sua esposa naquela rua não podia ser facilmente explicada, mas, por outro lado, a sua presença naquele café específico também não. Quando um tempo razoável havia passado, ele arriscou uma segunda olhada para o outro lado da rua. Sua esposa não estava mais lá.

Quando voltou para casa no início da noite, Ruy levou uma pizza e uma garrafa de vinho. Ele encontrou sua esposa no sofá, pintando as unhas dos pés. A televisão estava ligada e passava uma telenovela na qual ela não prestava atenção. Ela usava uma regata e shorts e deixara a porta da varanda aberta. As noites vinham esquentando nas últimas semanas. Ruy se desculpou de antemão por preterir o banho, mas estava faminto. Ele pegou uma toalha de mesa na gaveta do aparador da sala, cobriu a mesa e deixou a pizza e o vinho em cima dela, enquanto ia na cozinha pegar pratos, talheres e taças. Sua esposa deixou o esmalte na mesinha ao lado do sofá, sobre um retalho de pano, removeu com cuidado os chumaços de algodão entre os dedos do pé e foi jogá-los no lixo do banheiro, levando junto o esmalte para guardá-lo no armarinho.

Ruy entrou no banheiro enquanto ela lavava as mãos. Ainda sem saber ao certo como abordá-la, ficou aliviado quando ela lhe deu um sorriso pelo espelho. Ela deixou a torneira ligada para que ele lavasse as mãos em seguida e se enxugou.

– Ah, ainda bem que você trouxe vinho. Hoje o dia foi terrível! – ela disse, saindo do banheiro.

– Ah é? O que aconteceu?

Na sala, os dois encheram seus pratos com pedaços de pizza e sentaram-se à mesa. O vinho era um tinto muito doce, que Ruy não suportava, mas comprara por causa dela.

– Então, o que aconteceu no seu trabalho que foi tão terrível? – ele perguntou, depois que os dois terminaram de mastigar os primeiros pedaços de pizza.

Se houvera alguma pista de bom humor nela, quando sorriu para ele no banheiro, Ruy descobriu que sumia aos poucos.

– Aquele crime em que estamos trabalhando. Precisei rever mais evidências em uma sessão conjunta com a delegacia. Você sabe, coisas terríveis que o cara fez. Precisei rever um monte de fotos hoje para preparar o sumário. Fiz questão de sair do escritório assim que deu minha hora. Não suportava. Não me importa se acham que eu faço corpo mole.

Ruy sabia que para ela ter chegado no Relíquias do Café no horário em que a viu, ela precisava ter saído do escritório muito antes disso.

Ela olhou para ele com certo desafio na voz e continuou forçando um pequeno sorriso:

– Aposto que na firma de vocês ninguém faz isso, não é? Vocês são uns rapazes muito esforçados. Você – ela apontava a mão com o garfo para ele – não deixaria o escritório antes de fechar uma versão do sumário boa o suficiente para deixar na mesa do seu chefe.

Seu tom de voz caiu novamente e ela olhou para a pizza, decidindo se deveria continuar comendo ou não.

– Mas aquelas fotos, Ruy… não dá. Simplesmente, não dá.

– Nem todo mundo é um *workaholic* igual ao seu chefe. Além disso, você disse que saiu no horário certo, não foi? – Ruy olhou para Sabrina, mas ela deixou sua pergunta passar sem resposta.

Ele se serviu de mais uma fatia de pizza e encheu sua taça de vinho. Tomou um gole generoso da bebida, morna e muito doce, que nenhum dos dois considerara ao menos por um segundo colocar na geladeira antes de a atacarem. Cada um procurando uma saída rápida do percurso que os trouxera ao longo do dia até aquele apartamento. Nenhum dos dois prontos para admitir onde estivera. O ruído da televisão, a injeção de dopamina ativada pela refeição rica em carboidratos, a dormência muito leve proporcionada pelo vinho, o calor e o pouco vento entrando pela varanda – cada um dos dois apenas se agarrava àquela correnteza incipiente, ainda muito fraca, que os levaria para uma noite de sono em que o dia seria apagado. Qualquer descoberta, qualquer reviravolta, ficaria para o dia seguinte.

Ele não voltou ao Relíquias do Café por um tempo. Era prudente que não visitasse o café amiúde, não queria alardear sua presença. Em seu lugar, um detetive profissional experiente, pelo menos um dos que povoam os romances de mistério, alugaria um apartamento na rua do café, de forma a poder vigiá-lo o dia inteiro, todos os dias. Ruy pensava que essa era a solução mais apropriada para o problema de vigiar o Relíquias do Café, e evitar que certa transação ocorresse no estabelecimento sem o conhecimento dele. Acontece que Ruy não tinha os fundos necessários para isso. Os provimentos pagos pelo seu empregador não cobriam uma estratégia tão arrojada quanto aquela.

Depois que pediu demissão do escritório de advocacia onde trabalhava desde que saíra da faculdade, Ruy criou para sua esposa a mentira de que a gestão do escritório havia feito uma alteração nos horários de trabalho dos profissionais da casa, querendo distribuí-los melhor ao longo dia e evitar que o escritório ficasse lotado demais ou vazio demais em horários inoportunos, quando um cliente os visitasse, por exemplo. Ruy inventou para sua esposa que seu expediente começaria mais tarde a partir do dia seguinte e assim, toda manhã desde então, ela saía de casa antes dele.

No dia seguinte à ocasião em que ele a avistou na frente do café, Ruy não notou nada de diferente quando ela se despediu dele pela manhã. Não havia sinal de admissão nem de suspeita da parte dela, havia apenas a mesma mistura de entusiasmo e cansaço, as duas manchas sutis de olheira estavam no mesmo lugar.

Ajeitando o cabelo uma última vez no espelho da sala, ao lado do cabideiro em que o blazer de seu conjunto estava pendurado, ela ainda soltou um comentário distraído em sua direção, sobre entender quem acordava de madrugada para exercitar-se ou preparar a refeição do marido e das crianças.

– Essas pessoas certamente são mais bem humoradas para sair de casa para o trabalho – ela disse. – Talvez eu devesse tentar isso um dia, mas aí eu me lembro de que odeio acordar cedo.

Ruy estava em pé atrás dela e fingia decidir entre duas gravatas. Ele apenas resmungou em assentimento.

– Se o meu marido ajudasse – ela disse. – Se ele acordasse pra ir correr na rua, quem sabe eu não iria junto?

Ela estava pronta para sair e estava olhando para ele.

– Ruy – ela o chamou, tirando-o de um devaneio qualquer. – Eu estava apenas brincando.

Ela sorriu para ele e saiu do apartamento.

Quando se mudou para São Paulo, Ruy conheceu o Hospital Pontes. Ele o viu quando caminhava por uma das avenidas periféricas da cidade, onde o comércio vinha sobrevivendo há alguns anos sem mostras de que iria se recompor em um futuro próximo. O Hospital Pontes estava instalado em um prédio alto e, principalmente, muito largo. As janelas enfileiradas às dezenas, de forma que ninguém iria contá-las. Quando Ruy viu o hospital pela primeira vez, ficou assombrado. Ele passou a temer que um dia a sua nova vida em São Paulo o levasse a hospitalizar-se ali dentro, onde com certeza nenhum conhecido jamais o encontraria novamente.

Em um dia chuvoso de maio de 1996, Ruy precisou entrar no Hospital Pontes para conversar com um paciente, o sr. Müller, seu contratante à época. Apesar da fachada desgastada de um prédio que havia sido erguido há pelo menos trinta anos, sem sinal de pinturas e remodelações recentes, o interior do Hospital Pontes parecia saído das páginas de uma revista especializada do setor médico.

Ruy saiu da atmosfera abafada sob a pesada chuva de outono, nas ruas de um bairro esquecido de São Paulo, e entrou numa câmara de luz e ar-condicionado que o atordoou por um instante. Quando a porta automática fechou atrás dele, os barulhos da rua e da chuva foram substituídos pela cadência um pouco mais organizada da movimentação humana em um ambiente fechado, onde era consenso que todos deviam se comportar. O hospital estava cheio, portanto havia muita gente andando de um lado para o outro, entre a equipe hospitalar e visitantes.

Ruy passou direto pela zona de espera, onde filas de cadeiras plásticas azuis e muito novas estavam quase todas ocupadas por uma miríade de paulistanos em estágios variados de antecipação. Algumas enfermeiras perambulavam entre as cadeiras, tomando notas e distribuindo papelotes com senhas. No balcão de atendimento, as recepcionistas pareciam um tanto sobrecarregadas. Uns poucos funcionários de limpeza empurravam carrinhos com esfregões.

Ruy achou que a iluminação do saguão era excessiva. Ele sacudiu um pouco o seu guarda-chuva sem se decidir se o deixava na grande caixa ao lado da porta automática. Já havia ali uma coleção, e provavelmente os donos não sairiam do hospital com os mesmos guarda-chuvas com que entraram. Ele olhou para a peça barata que tinha em mãos, com alguns dos arames já empenados, e o largou dentro da caixa.

Ele caminhou confiante para além da recepção, rumo aos elevadores. Ele já sabia o andar e o número do quarto em que o sr. Müller estava acamado. Quando parou na frente dos quatro elevadores dispostos no nível térreo para os visitantes, esperou por uns poucos minutos, e em seguida entrou no primeiro elevador a abrir as portas, atrás de um garoto de uns 15 anos que empurrava um homem mais velho em uma cadeira de rodas – os dois pareciam pai e filho, ou um irmão caçula e um outro irmão bem mais velho. O homem na cadeira de rodas tinha algum tique nervoso e ele levantava os ombros alternadamente a cada dez segundos. A expressão do garoto que empurrava a cadeira de rodas era de puro terror. Seu rosto estava preso em uma careta de tensão. Ruy desviou o olhar. Um homem idoso com uma tosse seca entrou no elevador depois de Ruy, encarou calmamente cada ocupante do elevador entre tossidas e pareceu aprovar a cena, encostou-se na parede do elevador, fechou os olhos e parou de tossir. Um funcionário sentado em um banco dobrável à frente do painel de operação do elevador perguntou para qual andar cada um iria e então apertou o botão que fechava as portas do elevador e todos foram envoltos em um novo silêncio, mais uma camada de contenção contra a chuva das ruas de São Paulo, e subiram por dentro das entranhas do Hospital Pontes em silêncio.

O sr. Müller era um homem negro retinto e muito emaciado. Ele vivia entrando e saindo do hospital há cerca de dois anos. A cada nova estada, diminuía o número de pessoas que o visitavam. Ele rejeitara sistematicamente a compaixão e a simpatia de qualquer um que tentou lhe animar nesse período, não deixando de ser rude quando lhe convinha. Essa foi a história que o advogado do sr. Müller contou, omitindo qual era a doença.

Era a primeira vez que Ruy vinha lhe ver no hospital. Só tivera contato com o sr. Müller uma vez, no início de seu contrato, quando assinou os papeis na sala de estar do advogado. Este sentou-se com Ruy na mesa de jantar de sua sala e lhe passou com paciência uma série de folhas de almaço para que Ruy as rubricasse. O sr. Müller sentara em uma cadeira de vime longe dos dois para tomar um chimarrão, cuja cuia erguia e depositava com vagareza em uma bancada ao seu lado. Naquele dia, o sr. Müller já parecia velho demais para estar contratando um detetive particular. Vendo-o no leito do hospital, Ruy não tinha certeza se seu cliente estaria vivo no final do Outono.

Havia outros dois leitos no quarto do sr. Müller, mas estavam desocupados. Provavelmente alguém pagou a direção do hospital para evitar que outros pacientes fossem instalados ali. O quarto era uma caixa retangular comprida de paredes verde-claro. Ruy atravessou o quarto para chegar ao leito do sr. Müller, o último, ao lado das janelas.

Por trás do revestimento de insulfilme nos vidros, uma chuva roxa caía contra uma tarde muito escura. Dentro do quarto, as fortes lâmpadas no teto tornavam tudo muito nítido e muito claro. Um forte cheiro de álcool completava a aparência de assepsia.

Sob o lençol branco que ainda preservava os vincos do ferro de passar, a forma emaciada do sr. Müller era quase indistinguível. Apenas o rosto tranquilo despontando sobre o travesseiro era indicativo de que havia um corpo ali. Ele não exibia nenhum movimento. Com o rosto virado para as janelas, estava mais interessado na chuva do que em Ruy, cuja presença ele pareceu não registrar.

Antes de ir ao hospital, o advogado disse a Ruy que sua visita já era esperada, o sr. Müller sabia muito bem quem Ruy era ("ele é uma fera para guardar rostos", disse o advogado) e já estava preparado para a visita. "Não se espante", o advogado disse, "nem force o início da conversa, nesse momento da doença ele parece alheio a tudo, mas se ele não iniciar a conversa é porque o interesse dele está em outro lugar, em outro plano, por escolha, não por incapacidade."

Ruy se perguntou se havia algo de errado com os monitores de batimentos cardíacos ligados ao homem. Ele sempre esperou que aqueles aparelhos emitissem um bipe frequente, mas tudo no quarto, além da chuva na janela, era silêncio. A despeito da orientação do advogado, Ruy limpou a garganta e chamou o sr. Müller pelo nome.

A respiração do idoso era suave o suficiente para não se fazer notar. Ele parecia estar em um estado aperfeiçoado de repouso. Uma placidez que seria comumente encontrada em monges budistas em meditação. Ruy se perguntou qual seria a religião do homem no leito. Como o outro não mostrava sinal de que iria lhe comunicar qualquer coisa, Ruy se aproximou da janela e olhou para a chuva do alto do sétimo andar. Não conseguia distinguir as nuvens por trás do insulfilme.

Ele se virou para trás e olhou com cuidado para o quarto. Não havia sinal de qualquer pertence pessoal do sr. Müller. A televisão suspensa em um rack na parede em frente ao leito estava desligada. Não havia livros nem revistas. O advogado lhe garantiu que o sr. Müller estava lúcido, mas Ruy não encontrou nenhum sinal ou manifestação dessa lucidez.

De repente, Ruy se deu conta de que alguém no quarto estava sussurrando algo já havia algum tempo. Duas vozes, parecia, conversavam aos sussurros. Não era possível distinguir o que conversavam, pois falavam muito baixo. Como se estivessem escondidos sob um dos leitos, com os lençóis lhes tampando a boca. Um falava, o outro respondia, então a primeira voz aguardava um instante e voltava a falar. Era a cadência de uma conversa pensada com cuidado.

Procurando sem sucesso pela origem das vozes, Ruy demorou a perceber que o sr. Müller estava com o braço erguido para fora da cama, apontando para a janela mais próxima ao seu leito. Na direção em que ele apontava, havia um disco de CD-ROM dentro da caixa plástica, apoiado contra o vidro da janela. O disco não possuía marcação de nenhuma forma. Sua caixa era de plástico transparente, de forma que se confundia com o vidro da janela escurecido pelo insulfilme e pela tormenta.

Os sussurros ainda ressoavam no martelo interno do seu ouvido. Ruy olhou novamente para o sr. Müller, que permanecia com os lábios cerrados. Ele apanhou a caixa do disco CD-ROM apoiada no caixilho da janela e a virou algumas vezes na mão. Não havia nada escrito no plástico, nenhuma mensagem, nenhum endereçamento. Incerto de que aquele era o propósito da visita, buscar aquele disco de CD-ROM, Ruy olhou para o sr. Müller, e desta vez ele o olhava nos olhos. Olhos secos, sem vestígios de riso ou lágrimas havia muito. Ele anuiu com a cabeça duas vezes com movimentos muito sutis e com alguma dificuldade retornou o braço para debaixo do lençol. Depois de se arrumar no leito, escondido sob aquele pano imaculadamente limpo, ele sustentou seu olhar no teto. Ruy teve a impressão de que o velho homem gostaria de olhar novamente para a chuva, mas Ruy bloqueava sua visão.

Parecia a Ruy que buscar o disco de CD-ROM era pouco, parecia que deveria esperar por uma instrução. Então ele aguardou por algum tempo.

A dicotomia entre a imobilidade de tudo no quarto e as duas vozes que continuavam a conversar começou a incomodá-lo. Ele se certificou de que a televisão estava desligada. Tentou apurar os ouvidos para distinguir daquele rumor desencorpado alguma coisa inteligível, mas as rajadas de água contra a janela não deixaram. Ele esperou ali até seus pés começarem a doer.

Enfim se convenceu de que não havia uma mensagem possível naqueles sussurros sem forma. Ou se houvesse uma mensagem, não era para os seus ouvidos. Ruy começou a se afastar relutante do leito do sr. Müller e percebeu sem surpresa que algo na tez do paciente se aliviou com a sua distância.

Como um ser vivo, uma bactéria ou um protozoário ou uma esponja, que comprime todo seu parco ser para expelir um objeto estranho que tenha lhe perfurado as membranas externas, também aqueles sussurros impossíveis eram um mecanismo de autopreservação do quarto, do sr. Müller, para tirar Ruy dali. Ele precisava ter ido buscar aquele disco de CD-ROM, mas era indesejado a partir do momento que atravessou o umbral da porta.

A quebra do feitiço foi instantânea quando saiu do quarto, fechando bem a porta atrás de si. O corredor amplo de paredes brancas, livre de uma ponta à outra, brilhava sob a iluminação elétrica. No final do corredor, alguém falava alto ao telefone.

Ruy caminhou na direção do elevador, conseguiu acomodar a caixa com o disco no bolso interno da jaqueta. Olhando para trás, para o corredor de onde viera, não conseguiu mais distinguir qual era a porta do quarto do sr. Müller.

Pensando na ligação que deveria esperar do advogado no final do dia, Ruy sentiu um leve incômodo de que não havia feito seu trabalho corretamente. Parecia ainda haver algo no hospital que demandava a sua atenção. Ele apalpava constantemente sob a jaqueta a caixa frágil do disco de CD-ROM.

Como estava com fome, decidiu que iria até o refeitório para os visitantes que ficava no térreo. Um elevador parou no seu andar e uma jovem com a sua idade saiu para o corredor carregando uma pasta muito grande do tipo usada para guardar exames médicos. Ele entrou no elevador. Um casal acompanhava um menino com um grande curativo que lhe cobria metade da cabeça – a outra metade estava raspada. O casal o evitou. O elevador pareceu descer com hesitação.

Ninguém falou uma palavra durante a descida. Os pais olhavam para o mostrador de LED em cima da porta do elevador. O menino com o curativo mantinha o olhar nivelado à sua frente, como se repassasse algum episódio em sua memória. Grato, Ruy percebeu que os sussurros no quarto do sr. Müller não haviam lhe acompanhado até ali.

Quando saiu no saguão do hospital, procurou por placas que indicassem onde ficava o refeitório e achou o lugar após dobrar uns três ou quatro corredores muito limpos, muito iluminados e muito cheios.

O refeitório era um salão com pé direito alto e algo entre dez e quinze mesas espalhadas por um piso azulejado. Nas poucas mesas ocupadas, um punhado de visitantes estava imerso em conversas. Náufragos naquele território fora do domínio do tempo comum, regido pelo tempo da doença, ditado pelos humores do corpo e calculado pela régua dos exames, supervisionado pelo corpo médico do hospital.

Ruy se sentou em uma mesa próxima à porta, mas ninguém veio lhe atender, então ele se levantou e foi até o balcão verificar o preço dos cafés e dos salgados. Decidiu por um espresso puro e uma saltenha de carne. O funcionário atrás do balcão disse que levaria a comida até a mesa. Ruy apalpou a caixa do disco de CD-ROM sob a jaqueta, parecia que a qualquer momento se partiria num estalo se ele se dobrasse por cima dela em um instante de descuido. De volta à mesa, Ruy pensou que deveria ter trazido algo para ler.

Ele não tinha mais obrigações por hoje, a não ser aguardar uma ligação do advogado do sr. Müller, que disse que ligaria no início da noite. Se tivesse um daqueles novos aparelhos telefônicos portáteis, que estavam começando a entrar em voga, talvez Ruy ligasse para ele dali do hospital, e repassaria a sua visita ao sr. Müller, mencionaria o disco de CD-ROM, para ter certeza de que não precisava fazer mais nada no hospital, e se livraria daquele incômodo puxão da consciência que lhe dizia que ainda havia algo a fazer.

Estava repassando detalhes do seu contrato com o sr. Müller na cabeça, quando notou uma moça sentada na outra extremidade do salão, que escondia o rosto por baixo de um boné. Desconfiou que era a sua esposa.

Ela não fez um trabalho muito bom para se esconder, como da outra vez, pois sentara em uma posição que oferecia uma visão direta do seu perfil. Ela claramente o seguia, sem ter, como antes, a malícia para fazê-lo. Ao contrário de Ruy, ela havia trazido material de leitura.

Ela tinha um folheto em mãos. Ruy reconheceu à distância a marca fantasia do hospital.

Um funcionário levou até sua mesa o café, a saltenha de carne, um punhado de sachês de açúcar e um frasco com molho de pimenta. Ao deixar Ruy, ele se dirigiu para a mesa de Sabrina. Ruy viu de longe os dois trocarem algumas palavras, mas era impossível ouvir o que diziam. Ele adoçou o café e tomou um gole da bebida. Esqueceu a saltenha, pois observava a sua esposa com um crescente desespero que lhe embotou a fome.

Um segundo encontro naquele contexto estava além da possibilidade de ser uma coincidência. Se realmente acreditasse que fosse uma coincidência, ele teria levantado da sua mesa e ido lá cumprimentá-la, perguntar o que fazia ali, estava bem de saúde, visitando alguém? Este era o seu desejo, pois segurou seu olhar no perfil dela querendo em seu íntimo que ela se virasse e pusesse abaixo aquela pantomina. Todavia, ela não se virou. Ruy admirou seu autocontrole. Ele vacilou na suspeita de que sua esposa estava seguindo os seus passos, mas qual a outra teoria plausível? Ruy confirmou as horas em seu relógio de pulso: ela deveria estar no trabalho. Ele reafirmou para si mesmo o raciocínio que lhe dizia que, se ela estava no hospital, na hora em que deveria estar trabalhando, não fazia sentido que ele não soubesse por que ela estava no hospital. Lembrou-se do episódio no Relíquias do Café, poucos dias atrás. Pensou no sr. Müller, no advogado, nos motivos escusos que o levaram ao hospital.

Sem tocar na saltenha e sem terminar o café, levantou da mesa sem fazer barulho e saiu do refeitório. Refez seu caminho pelos corredores, pelos pacientes à espera do que quer que fosse e pelos funcionários do hospital indo e vindo, atravessou o saguão de entrada muito cheio e muito iluminado e saiu de volta para a chuva e para a escuridão.

Porque havia saído do hospital sem recuperar o seu guarda-chuva, e a chuva não demonstrava intenção de se conter, de amainar o dilúvio sobre aquela tarde sem sentido e perigosa, Ruy decidiu pegar um táxi e não tentar esperar por um ônibus na parada. Havia alguns carros parados sob uma marquise ao lado da entrada do hospital. Ele se dirigiu ao primeiro carro da fila, cujo motorista estava dentro do veículo. Com o olhar e um gesto de mão, através da janela fechada do carro, perguntou se podia embarcar e o motorista fez um sinal de positivo. Ruy entrou no banco de trás do carro e fechou a porta.

– Olá, patrão – disse o motorista. – Para onde vamos?

Ele não podia voltar para casa, onde gostaria de estar, longe da chuva e livre para vasculhar o conteúdo do disco CD-ROM que trazia consigo. Se sua esposa voltasse para casa, ele não ia querer encontrá-la. Os dois se veriam mais tarde, certamente. Por enquanto, ele precisava desembaraçar pelo menos um dos nós alojados em seu pensamento, precisava abrir o CD-ROM em um computador e verificar o seu conteúdo. Ruy decidiu-se por um empório comercial na frente do qual passava em seus deslocamentos pelo centro da cidade e no qual só entrara uma vez. Lembrava-se com alguma certeza de que existia uma lan house por lá. Ruy passou o endereço aproximado do local, sabia o nome da rua e a que altura do bairro o empório ficava. O motorista deu a partida no carro e quando eles saíram de baixo da marquise, as janelas do automóvel foram encharcadas com violência, como se eles estivessem no ventre de um animal de ferro e vidro que acabara de mergulhar em busca de alimento. Ruy elaborou essa metáfora na cabeça. Ele também era um animal em busca de alimento. Em sentido literal estava faminto e arrependido de ter deixado sua comida sobre a mesa do refeitório no hospital, enquanto figurativamente estava em busca de um local sossegado onde pudesse consumir o alimento digital gravado nas ranhuras do disco CD-ROM que obtivera com o velho sr. Müller.

No fundo do táxi, Ruy deixou-se levar por certo torpor ao evitar conversa com o motorista, respondendo-lhe basicamente em monossílabos quando questionado sobre qualquer coisa, mergulhando na contemplação da chuva oblíqua através da janela do carro. Seria verdade que sua esposa o seguia? O Hospital Pontes era distante do bairro deles; ainda assim, era um local público e todos tinham o direito de visitá-lo. Incomodava-o mais ter avistado Sabrina no outro dia, em frente ao Relíquias do Café, enquanto estava de tocaia para o sr. Müller. Aquilo foi inesperado, inconveniente. Mais tarde, no apartamento, Sabrina não demonstrou qualquer comportamento diferente do normal, não deixou escapar nenhuma fala comprometedora, a ponto de Ruy questionar-se, deitado na cama do casal, esperando pelo sono, se não se enganara. A mulher do outro lado da rua, em frente ao Relíquias do Café, poderia ser uma estranha, que não o espiava, que apenas se parecia com sua esposa. Da mesma forma, no hospital, a mulher de perfil que havia entrado no refeitório depois dele e sentado na outra ponta do salão, que usava um boné para esconder o rosto, podia ser uma outra pessoa que não sua esposa. Havia agora duas possibilidades:

primeira, ele se deparou em duas ocasiões diferentes com mulheres que se pareciam com sua esposa (poderia, inclusive, ser a mesma estranha, duas vezes) e a paranoia lhe criou a desconfiança que essas mulheres (ou essa mulher) o seguia, espionava-o; segunda, sua própria esposa o seguia. Essas duas possibilidades minaram o seu consciente. Cada possibilidade engendrava uma realidade diferente (sua esposa o seguia? Alguém o seguia?) e exigia um certo tipo de confronto. Quando uma das possibilidades sedimentasse, Ruy tomaria uma ação. Ele decidiu que iria aguardar, seguir com sua investigação, sua tocaia, seus subterfúgios, cumprir o objetivo acordado com o sr. Müller e torcer para a realidade não lhe morder o pé.

Quando o táxi o deixou na frente do empório, a chuva se transformara em chuvisco e Ruy mal se molhou depois de sair do carro.

Ele havia visitado aquele empório antes uma vez, quando procurava uma blusa para dar a Sabrina de presente. As lojas não pertenciam a grifes de alta moda, mas ele achou os preços proibitivos e foi embora. Todavia, dois lugares chamaram sua atenção e ele guardou a referência para uma visita futura. Uma lan house, para o caso de precisar, e uma galeria de artes.

Ele achou que valia a pena passar pela galeria antes de ir para a lan house. No mínimo, aquilo daria mais tempo para sua esposa voltar para casa antes dele (onde quer que sua esposa de fato estivesse, no refeitório do Hospital Pontes ou em qualquer outro lugar).

Ruy achou a galeria no segundo andar, longe das escadas. Na fachada, um pôster afixado com o nome do artista expositor. Dentro da galeria, não encontrou ninguém atendendo aos visitantes. Duas moças mais jovens andavam entre as placas de MDF que particionavam o espaço, parando para olhar e comentar as telas afixadas. Eram todas pintadas com tinta a óleo. Junto de cada uma estava escrito o nome da obra e data de composição. Eram pinturas muito objetivas. Aqui, um prédio de apartamentos, ali, um cachorro ao lado de uma banca de jornal, acolá, duas xícaras de café. Ruy se impressionou com uma tela em particular onde estava pintado em azul vibrante um relâmpago, uma serpente feita de ângulos retos, que cortava ao meio o céu negro acima de uma cidade. A maioria das telas retratavam ambientes urbanos, mas não havia nenhuma indicação de que era esta ou aquela cidade. Pensando bem, o nome da exposição, como ele havia lido no pôster na fachada, era "A ideia de uma cidade".

Quando ele e Sabrina se mudaram para o novo apartamento, poucos anos atrás, ela sugeriu que pendurassem uma tela, na sala, onde se visse um deserto.

– Um deserto? Por que um deserto? – Ruy perguntou. – Talvez um sertão, se bem que você nem seja nordestina, nem mineira, mas tudo bem.

– Eu acho desertos bonitos – ela disse. – Quanto mais desértico, melhor.

– Atacama? Saara? – ele tentou se lembrar das aulas de geografia. – Uma savana africana, uma taiga siberiana? Também contam como desertos?

– Eu quero a ideia de um deserto – ela disse. – Não importa qual seja.

Ao sair da galeria, Ruy foi até a lan house na alameda de serviços no subsolo. Ficava entre uma oficina de costura de roupas e uma loja de reparo de instrumentos musicais. Na entrada, um atendente muito jovem atrás do balcão lhe deu a senha do computador de número cinco, anotada em um cartão de papel, e lhe apontou a baia correspondente. Ao lado do balcão havia uma máquina automática de café e Ruy perguntou quanto custava. O rapaz disse que o primeiro café sairia de graça, caso ele passasse pelo menos uma hora no computador.

– Vocês têm um drive para esse disco? – Ruy mostrou a caixa com o disco CD-ROM para o rapaz.

– Sim, em todos os computadores. Fique à vontade. – O rapaz tinha um sorriso despreocupado. Ruy sentira a tensão no estômago se dissipar com a visita à galeria, no andar superior, e agora estava definitivamente mais leve. Esperava não encontrar nada aterrorizante no conteúdo do disco.

Ruy serviu-se de um café espresso duplo e levou sua bebida no copinho de isopor para o computador de número cinco. A máquina determinada pelo rapaz ficava encostada na parede, de forma que Ruy ficaria com as costas expostas e, assim, o monitor à vista de qualquer um na loja. No momento havia apenas um outro cliente, um rapaz com a idade igual ao do outro no balcão, com uma caixa de violão apoiada ao lado da cadeira e fones de ouvido lhe envolvendo a cabeça, mas outras pessoas podiam entrar. Ruy não sabia o que ia encontrar quando abrisse o conteúdo do disco. Ele olhou ao seu redor. Nenhum computador para uso dos clientes oferecia privacidade. Ele suspirou fundo e sentou-se em frente ao computador designado.

Tomou um gole do café e colocou o disco CD-ROM dentro do drive óptico acoplado ao gabinete do computador. No monitor, uma nova janela saltou às vistas com o conteúdo do disco disposto em uma série de ícones e pastas. Ruy suspirou aliviado, não havia reprodução automática de mídia para aquele disco.

Os nomes das pastas não lhe diziam nada, eram apenas sequências de número, aleatórias à primeira vista: "22992", "19956", etc. Ele experimentou abrir algumas delas, para ver o que continham, e logo abriu todas, descobrindo que estavam todas vazias. Na raiz do conteúdo do disco havia apenas um arquivo solto, que não estava em nenhuma pasta. Pelo ícone era uma planilha, o nome do arquivo era "aqui". Ruy abriu o arquivo. Era uma planilha muito simples, sem grande complexidade no conteúdo e sem maiores decorações. Cada linha da planilha listava, na primeira coluna, o nome completo de alguém, nas colunas seguintes alternavam-se números de telefone e endereços. Havia cento e poucas linhas na planilha. Ruy leu alguns dos nomes ao acaso, mas nenhum lhe saltou aos olhos de imediato. Os endereços estavam espalhados pelo Brasil, alguns no exterior, aqueles que ele reconheceu ficavam em bairros nobres de São Paulo. Não era absolutamente claro, de forma nenhuma, o que ele devia fazer com esses nomes. Ruy fechou a planilha e ejetou o disco e guardou-o na caixa, devolvendo-a ao bolso interno da jaqueta. Tomou mais um gole do café e abriu o navegador para acessar sua caixa de e-mails. Um amigo lhe apresentou o e-mail uma vez. Ruy avaliou que era uma proposta interessante, mas não achou que seria levada a sério, que seria descartada em prol do telefone celular, que vinha avançando a passos largos. As pessoas iam preferir ligar para você, se elas pudessem, em vez de escrever missivas em um teclado e torcer para que o destinatário abrisse um navegador para ler sua correspondência.

Para a surpresa de Ruy, havia um e-mail do advogado Gusmão, advogado do sr. Müller.

"Bom dia/boa tarde/boa noite sr. Gill.

"Se você está lendo este correio eletrônico, não devo estar enganado em supor que já tem em mãos o disco que o sr. Müller gostaria de lhe transmitir. Se você já abriu o disco no computador (e imagino que por isso está aproveitando a ocasião para ler esse correio eletrônico), já descobriu que o conteúdo é muito direto. Você talvez esteja se perguntando por que não lhe passamos esse conteúdo de outra forma. Tudo que está na lista (que você deve ter em mãos) poderia ser compilado em um arquivo de papel e transmitido ao senhor por malote. A resposta é simples, sr. Gill, um malote pode ser extraviado, ou interceptado, por quem deseja saber o que ele encerra. Por isso pedimos que o sr. procurasse diretamente o sr. Müller (ainda que acamado, *alas*) e obtivesse diretamente deste o que lhe cabe ter e saber.

"Aliás, uma pessoa da minha confiança também me assegurou que seria possível enviar o mesmo arquivo digital através desse mesmo correio que o sr. está lendo no momento. O arquivo seria simplesmente 'anexado' (as aspas são minhas – esse confidente me garante que é um procedimento natural à tecnologia que o comporta – mas para mim e para o sr. o anexar será sempre as vias em excesso que se seguem à pasta – se me permite a digressão). Essa pessoa me garante que o sr. seria capaz de abrir o conteúdo e inspecioná-lo onde quisesse, bastando que tivesse a sua disposição o mesmo grau de acesso de que dispõe agora, quando lê estas minhas palavras. Não segui o seu conselho. Fiz uma escolha. Ouça-me, sr. Gill, para eu convencer-lhe de que não sou um provinciano. O mérito do procedimento é o seu risco. Apenas extrapole: o sr. pode abrir o conteúdo desse correio eletrônico em qualquer lugar (da cidade, do estado, do país, do mundo). Tome-me por exemplo: se abro o conteúdo desse correio eletrônico em minha casa, no meu computador pessoal, estou usando o computador A, para ler o conteúdo X; se abro o conteúdo desse correio eletrônico no meu escritório, usando o meu equipamento profissional, estou usando o computador B, para ler o mesmo conteúdo X. Eu posei a seguinte pergunta para o meu confidente e ele não soube (ou não quis) responder de pronto: o que impede que uma outra pessoa, que eu não conheço a identidade nem a intenção, usando um terceiro computador, o computador C, logre acessar também o bendito conteúdo X? Eu repeli a primeira reação do meu interlocutor, que me lembrou que para acessar o meu correio eletrônico necessito da palavra-passe. *Nonsense*, eu lhe disse. Palavras são roubadas todos os dias.

"Pois bem, sr. Gill, eis que optei pelo disco óptico e por que a entrega fosse feita pelo próprio sr. Müller. Espero que nós não o tenhamos incomodado demais com esse jogo improvisado.

"A lista que tem em mãos foi compilada por uma analista que empregamos e em quem temos a total confiança. Todos os indivíduos na lista são compradores em potencial do lagarto. O sr. imagina como é sensível esse material. Se já viu os nomes listados, espero que tenha reconhecido alguns, por serem figuras públicas e de notória posição na sociedade. Se observou a lista com cuidado, ao lado de cada nome estão dispostos os números de telefone e os endereços onde esses indivíduos podem ser encontrados. *Highly sensitive material*, sr. Gill. POR FAVOR NÃO PERCA ESSA LISTA."

O advogado enlouqueceu, pensou. O e-mail se alongava ainda um pouco além das últimas recomendações, com elogios e votos de confiança de que Ruy completaria sua missão com sucesso. Mas esse material é inútil, pensou Ruy. Eram pelo menos uma centena de nomes e, se o advogado estava correto, eram nomes além da sua capacidade muito rústica de investigação. Havia nomes ali protegidos por barreiras intricadas contra o escrutínio de um cidadão comum. Nomes dos quais Ruy não conseguiria se aproximar ainda que o sr. Müller e seu advogado triplicassem ou quadruplicassem os seus proventos. De que valia saber que ali estavam listados os compradores em potencial do item em questão? O que ele poderia fazer? Vigiar a todos?

Ruy perguntou ao rapaz no balcão se poderia imprimir alguma coisa. O rapaz lhe orientou e Ruy imprimiu uma cópia do e-mail do advogado. Pagou pela impressão e pelo tempo de uso do computador e saiu, com a carta do advogado dobrada junto à caixa do disco.

Do lado de fora do empório, a noite já havia começado. Um movimento considerável de veículos trafegava, seus faróis desfilando a poucos palmos do asfalto como vagalumes cartunescos gigantes e perfeitamente ordeiros. Algumas buzinas se juntavam à poluição sonora da cidade. As pessoas andavam pela calçada com o desprendimento de quem teve a sorte de escapar da chuva que caíra mais cedo. O ar ainda estava elétrico e úmido.

Ruy foi até um telefone público e ligou para casa. Sabrina atendeu no terceiro toque.

– Alô? Ruy?

– Oi, amor. Já está em casa?

– Acabei de chegar. Ia entrando no chuveiro quando ouvi o telefone. Sabia que era você. Por alguma razão, fiquei preocupada que pudesse ser uma notícia ruim.

– Que tipo de notícia ruim?

– Talvez você tivesse sofrido um acidente de trânsito no caminho e precisado ir até um hospital. Fiquei preocupada.

Ruy não soube o que responder.

– Por favor, volta logo pra casa. Foi essa chuva. Vou ser sincera, essa chuva me assustou. Temi um alagamento, um deslizamento de terra, a queda de um poste. Vim no ônibus pensando em desastres até em casa. O trabalho está muito tenso. Eu preciso rever aquelas fotos todos os dias e agora preciso redigir um apanhado sobre o que o réu fez. São terríveis. As coisas que ele fez.

– Sabrina, eu estou indo para casa, tudo bem? Só parei no caminho para dar uma olhada em uma loja, mas já estou indo.

– Tudo bem, Ruy. Vou entrar no banho, então. Tchau!

Ruy pegou o ônibus de uma linha que o deixaria muito próximo do seu prédio, o resto do caminho ele faria a pé. Ainda que o ônibus estivesse cheio, ele conseguiu espaço para se acomodar em um assento. Pela segunda vez naquele dia desejou ter um material de leitura nas mãos. Havia o e-mail impresso do advogado, mas ele não se sentiu à vontade para reler aquelas orientações desconectadas da realidade. Eis aqui cem nomes suspeitos, dizia a carta, basicamente, vigie a todos. Ruy chegou a rir algumas vezes no caminho até a sua parada.

Quando chegou em casa, encontrou sua esposa na cozinha, preparando uma sopa de mandioquinha, com muito cheiro verde, sentiu o aroma antes de entrar no apartamento. Ela lhe deu um boa noite animado.

Após tomarem a sopa, Sabrina lavou a louça enquanto Ruy assistia a uma parte dos noticiários. Quando Sabrina terminou, os dois assistiram juntos a uma telenovela e ao início de um programa de variedades, antes de irem se deitar. Os dois se surpreenderam fazendo amor naquela noite, nenhum dos dois questionou os avanços do outro. Pouco tempo depois, dormiam.

Ruy sonhou que o contratavam para encontrar um cachorro. Ao meio dia de um sábado, quando se distraia com devaneios tomando uma dose de uísque, a porta do seu escritório abriu e duas moças de idade indefinida entraram. Ruy pediu que elas acendessem a luz, pois não conseguia ver o rosto delas. Elas não conseguiam encontrar o interruptor, por conta de toda a fumaça de cigarro que pairava dentro do escritório. Enquanto andavam de um lado para o outro e se trombavam na penumbra, Ruy disse que elas não se preocupassem e tentassem encontrar as cadeiras para se sentarem. Ele disse que abriria as janelas para que a fumaça do cigarro saísse, mas não moveu um dedo. Sentadas a sua frente, as duas moças tinham as feições indistintas por trás da névoa cinza que ocultava seus rostos. Elas usavam vestidos de camurça. Elas queriam que ele encontrasse o cachorro delas.

Elas colocaram sobre a mesa a foto de um cachorro muito grande. O cachorro estava sentado ao lado de uma casa de dois andares e tinha a mesma altura da casa. As duas moças o alertaram que o cão era tímido e gostava de se esconder, portanto, ele teria trabalho para encontrá-lo, mas elas tinham uma dica. Uma das moças pegou uma bolsa do chão e a colocou sobre o colo. A bolsa parecia muito pesada. Ela abriu e pegou de dentro da bolsa um recorte de carne crua do tamanho e formato de um livro e o colocou sobre a mesa. A carne ainda sangrava. Elas disseram em uníssono que o cão sentiria o cheiro da carne. Ruy sentenciou que bastaria carregar aquele pedaço de carne consigo dentro de um ônibus que percorresse a cidade inteira e eventualmente o cachorro perdido o encontraria.

Ruy percorreu a cidade por dias e noites inteiras em um ônibus completamente vazio, onde viajavam apenas ele e o motorista. O motorista estava impaciente e ficava o tempo inteiro se virando para trás, questionando Ruy se aquela carne não iria sujar o chão do ônibus. Ruy carregava a carne em uma sacola plástica rasgada e o sangue escorria da sacola para o chão e a enorme poça de sangue formada a seus pés voluteava com os movimentos do ônibus. A viagem inteira Ruy torceu para que sua esposa não estivesse esperando por ele em alguma parada da linha. Mais do que se preocupar com a sujeira e o fedor nauseabundo que ela precisaria encarar, se entrasse no ônibus, o incomodava que ela agora fosse vegetariana e Ruy estivesse carregando aquele pedaço de carne. É para o cachorro, Ruy tentaria se justificar. Mas sua esposa não embarcou no ônibus em nenhuma das paradas, que se multiplicavam.

Durante o percurso, Ruy viu dezenas de cachorros gigantes andando por entre os prédios, mas nenhum se assemelhava ao cachorro perdido de suas clientes misteriosas. Se eu encontrar o cachorro, ele pensava, como vou saber a quem devolver? Eu não vi o rosto delas.

Em algum ponto naquela noite, sob a égide de um sono comum, Ruy encontrou em seu sonho o que procurava. No sonho, foi inundado pela satisfação. Ele viu o cachorro, que continuava sentado ao lado da mesma casa que aparecia na foto. Ruy ainda teve a impressão de que o cachorro latiu duas vezes para ele, antes de acordar no seu quarto banhado de claridade, sem adquirir conhecimento algum sobre o destino do cão perdido.

Nos dias após a visita de Ruy ao sr. Müller no hospital, depois de ter adquirido o disco com informações sobre os potenciais compradores do item que ele deveria estar vigiando, Ruy montou e desmontou diversos planos sobre como deveria prosseguir com sua missão. Pensando em retrospecto, o fato de ele ter passado dias seguidos em inatividade na composição de planos infactíveis era uma demonstração da sua pouca habilidade como investigador particular.

Depois de alguns dias de planejamento infrutífero, dias em que despistou sua esposa com pretextos de gripes para ficar em casa, ou idas disfarçadas à biblioteca municipal para percorrer jornais buscando notícias sobre qualquer um dos nomes na planilha do sr. Müller, Ruy decidiu voltar ao Relíquias do Café.

Visitou o local próximo ao fim da tarde de uma quinta-feira, horário que sabia não atrair muitos clientes. Dessa vez ele não sentou em uma das mesas, mas foi para o fundo da loja olhar os itens à venda. Ruy encontrou um número de abajures em estilos distintos, ordenados sobre uma mesa de mogno; uma outra mesa com todo tipo de miscelânea: carros em miniatura, flores, cavalos e anjos moldados em vidro, porta-joias, bandejas e jogos de taças; uma estante maior que ele com livros usados; um cabideiro discreto com roupas masculinas e femininas que pertenciam a uma moda que ele não reconheceu.

O lagarto de madeira, com duas cabeças, estava em uma pequena mesinha encostada na mesa dos abajures. O item estava no meio de outras estatuetas, bonecos e figurinhas de porcelana.

Ruy pegou o lagarto com uma mão e a colocou sobre a outra. O pequeno animal de madeira não era maior que a palma de sua mão. As duas cabeças tinham pequenas obsidianas encravas nas órbitas oculares, de onde o brilho esmaecera há muito tempo. Ao encarar o pequeno animal de madeira, Ruy sentiu-se um pouco desnorteado com o olhar intenso das duas cabeças que devolviam seu olhar simultaneamente. Não havia como focar na cabeça da esquerda ou da direita. Talvez a simetria acurada do boneco iludisse quem o olhava que as duas cabeças eram senão uma. Ele depositou o lagarto de volta sobre a mesa, no mesmo lugar onde estava, ao lado de um pequeno farol de porcelana branca rajada de vermelho.

O sr. Douglas, dono da loja, que cercava Ruy há algum tempo, resolveu abordá-lo. Era um homem compacto, de altura mediana, trajava-se com humildade, mas não conseguia esconder certa arrogância no olhar.

– Boa tarde. Procurando algo específico?

– Isso é interessante – disse Ruy, puxando da memória a história que havia preparado com antecedência. – Meu filho ama bonecos. Queria dar algo diferente.

– Eu fiz a curadoria de todos os itens da loja. Às vezes, conto com a ajuda de um rapaz que trabalha na casa de leilões do centro, conhece?

Ruy negou com a cabeça.

– Geralmente, cada item é adquirido de proprietários seletos. Alguém que está se desfazendo de suas decorações, ou até mesmo de uma coleção particular. É o caso dos itens nessa mesa. E lhe afirmo, sr....?

– Gill. Mas pode me chamar de Ruy.

– Sr. Gill... inglês?

Ruy sorriu para o sr. Douglas e fez um gesto afirmativo com a cabeça.

– O sr. vai encontrar muito homem velho colecionando todo tipo de figura. É um hobby que acompanha os homens. O sr. já conhecia a loja?

– Eu já tomei café aqui algumas vezes, mas nunca vim olhar a parte de trás. Talvez você já tenha me visto por aqui.

– Talvez sim.

– Queria que meu filho se interessasse por algo diferente, por isso pensei em comprar qualquer coisa que distraísse sua cabeça dos brinquedos de plástico um pouco. – Ruy pegou novamente o lagarto, sem transparecer muito interesse. – Gostei do lagarto. Ainda que meio macabro.

– Essa peça veio de um colecionador de arte portuguesa, acredita? Parece algo mais associado à selva, mas é um artigo que veio de tradição cosmopolita.

– Hum, não me interessa muito a tradição do brinquedo – Ruy o cortou.

Depois de um instante de silêncio, continuou:

– Arte portuguesa, você disse?

O sr. Douglas fez um gesto vago com a mão:

– Veio de um colecionador de arte portuguesa, mas não tenho certeza sobre a origem da peça. O colecionador estava se desfazendo de alguns itens, creio que estava se mudando.

– Não tem etiqueta de preço.

O sr. Douglas lhe informou um número.

– Uau, não acho que meu filho vai dar tanto valor assim. – Ruy devolveu o lagarto à mesa. – Essas peças têm muita saída?

– Infelizmente, não trabalhamos com uma variedade muito grande de itens infantis – o sr. Douglas se desculpou. – O sr. talvez encontre uns livros infantis.

– Queria um brinquedo de madeira – disse Ruy, parecendo pensar sobre a questão.

Saiu da loja sem adquirir nada. O preço do lagarto de madeira com duas cabeças era exorbitante para uma peça tão simples.

Ruy comprou uma revista em uma banca de jornais e sentou-se no banco de uma praça próxima ao café e esperou que a noite chegasse. De onde estava sentado, ele conseguiu ver quando o barista encerrou o dia e deixou o café. Ruy se levantou do banco e começou a segui-lo.

O barista caminhou por muito tempo até chegar a uma estação de metrô. Eles passaram por outras duas durante o percurso, mas não entraram.

Os dois caminharam por uma faixa extensa do espectro imobiliário da cidade. Partindo do bairro onde ficava o Relíquias do Café, com prédios e casarões antigos, os dois andaram por bairros erguidos há muitas décadas, em variados graus de esquecimento, até aproximarem-se por etapas da arquitetura moderna e mais vibrante das áreas comerciais recentes. Começaram em uma área residencial e quieta e logo atravessavam o centro tumultuoso da cidade. Ruy sentiu que foi a cidade que passou por eles. Os dois apenas caminharam.

Ao deixarem o centro para trás, o barista e Ruy ainda atravessaram um bairro de consultórios e residências novas. Temendo que fosse detectado nas ruas mais tranquilas, Ruy deixou que o barista ganhasse vantagem. Não o perdeu de vista em nenhum momento e finalmente o alcançou quando chegaram a uma das estações de metrô mais novas da cidade, ao lado de um imenso terminal rodoviário.

Ruy sentiu que uma fina camada de suor se formara entre sua pele e a camisa quando correu os metros finais e chamou o barista pelo nome, enquanto este seguia em direção à catraca da estação de metrô com o bilhete em mãos.

O barista olhou para trás sem muita curiosidade. Ele era um rapaz jovem pouco mais baixo que Ruy, tatuado, com o cabelo cortado rente à cabeça. Usava um conjunto de roupas esportivas com o símbolo de um dos patrocinadores do maior time de futebol da cidade.

A conversa não durou muito tempo. Ruy lhe mostrou um distintivo policial falso e contou uma fantasia de que estava investigando o comércio de antiguidades roubadas.

O distintivo deixou o rapaz um pouco tenso, mas Ruy foi rápido em lhe garantir que não corria perigo. Ruy precisava de sua ajuda. Queria apenas que o rapaz lhe informasse se qualquer pessoa comprasse o lagarto de madeira de duas cabeças, que estava exposto nos fundos da loja em que ele trabalhava.

– Você consegue fazer isso?

Ruy e o barista conversavam em um canto longe das catracas, onde apenas alguns adolescentes sentados numa roda no chão conversavam animados, sem prestar atenção neles.

– O sr. Douglas anota o nome de todo mundo que compra com ele. Ele mantém um caderno com o nome de todo mundo. Ele se orgulha bastante da clientela dele. Acho que consigo, sim.

Ruy lhe ofereceu algum dinheiro, para que aquela conversa ficasse fresca em sua mente, e lhe prometeu mais uma recompensa, se ele de fato conseguisse entregar o nome do comprador.

– Não sei quando vai ser a compra. Você pode passar muito tempo observando. – Ruy lhe deu um número de telefone para que o rapaz entrasse em contato.

Antes de se despedirem, o rapaz pediu para ver novamente o distintivo. Ele pareceu animado em participar da falsa investigação.

Ruy saiu da estação e pegou um ônibus no terminal rodoviário. No caminho para casa percebeu que tremia.

Nos dias seguintes, Ruy não conseguiu evitar algum desespero. A causa mais óbvia do desespero era que, como detetive particular principiante, considerava ter cometido um deslize: revelara-se a algumas das partes envolvidas. Caso o sr. Douglas cruzasse seu caminho no futuro, lembraria que ele era um comprador interessado no lagarto de duas cabeças. Da mesma forma, o barista agora conhecia o seu rosto. Quem sabe o barista não contou ao proprietário no dia seguinte? A primeira incursão agressiva de Ruy não rendeu nada de concreto, além da expectativa de informação por parte do barista, mas conjurou em seu espírito um profundo desalento.

Certo dia Ruy recebeu uma ligação do advogado Gusmão, pedindo que ele checasse sua caixa de e-mail. O advogado disse que estava ocupado e não podia demorar muito ao telefone, mas que escrevera uma mensagem importante para Ruy.

Ele voltou ao empório comercial que visitara quando recebeu o disco de CD-ROM do sr. Müller, já que não tinha sinal de internet em casa, e foi direto à lan house na alameda de serviços. A mensagem havia sido enviada no dia anterior.

"Caro sr. Gill.

"No último contato que fizemos pelo telefone, não pude deixar de notar certa apreensão de sua parte na hora de relatar que progresso havia feito no caso de que tem cuidado para o sr. Müller. Receio que venho lhe trazer más notícias. Não sei que efeito elas terão sobre o seu humor. Desculpo-me em antecedência, com sinceridade.

"O sr. Müller faleceu. Essa é uma proposição correta, mas não é justa. É mais apropriado escrever: o sr. Müller foi assassinado.

"A primeira enfermeira a entrar no seu quarto no último dezesseis de junho o encontrou com a garganta rasgada.

"(Desta vez eu 'anexei' as fotos do quarto de hospital do sr. Müller quando da descoberta de seu cadáver nesta mensagem eletrônica: repare como o sangue que espirrou de sua garganta pintou até mesmo as janelas de vermelho, mas não há nenhum rastro de pegada embebida em sangue no piso do quarto, tampouco encontraram a arma do crime. Da mesma forma que o sr. Müller se interessou pela magia em vida, a magia o visitou no momento de sua morte. É a única explicação que encontro.)

"Portanto, sr. Gill, o contrato que o sr. assinou conosco está imediatamente terminado. Se o sr. lembra as letras miúdas, deve recordar que o falecimento de qualquer uma das partes era causa suficiente para o término imediato do contrato. Além disto, como o sr. não apresentou nenhum resultado até a data da quebra do contrato, não conte com nenhuma compensação além do valor que já lhe pagamos.

"Com respeito e admiração.

"P.S.: Descobri uma utilidade para esta mensageria eletrônica. Ela é rápida. Não precisei de mais que uma dezena de minutos para digitar esta missiva. Em outros tempos, precisaria escrevê-la de punho, pedir à secretária que a datilografasse e a envelopasse e a pusesse nos correios etc. Obviamente não sei quando o sr. lerá esse texto, mas, igualmente, não sei quando o sr. receberia a carta em sua casa. Creio que o futuro está chegando, sr. Gill. Será rápido. Não rápido demais, espero."

Ruy notou que junto às fotos estava anexado também o atestado de óbito do sr. Müller. Ele repassou o e-mail e verificou o atestado. Sem saber como reagir, Ruy saiu da lan house. Certamente sentia pena do sr. Müller. Apesar da evidente fraqueza do idoso em seu leito de hospital, havia algum brilho em seus olhos, como o de alguém pronto para uma última luta. Sentia pena também pelo fim violento. Isso devia ser levado em consideração. O sr. Müller não faleceu em decorrência da doença que o acamara. Não, ele foi violentamente assassinado, e podia ter sofrido em seus momentos finais.

Ruy estava caminhando com as mãos nos bolsos e o olhar cabisbaixo de quem pensa na morte, quando ouviu a voz de Sabrina lhe chamar. Ele se virou para trás. Quebrou-lhe o coração a tristeza no olhar dela.

– Oi, amor – ele disse, incerto sobre o encontro. – Está tudo bem?

– Não – ela respondeu ligeiro, os olhos marejados. – Não fica bravo, por favor. Aconteceu uma coisa terrível.

– Como ficar bravo? – ele passou o braço ao redor dela. – O que aconteceu?

– O papai morreu.

Ela revelou que era filha do sr. Müller, que, quando saíra da Somália para a Alemanha, na infância, ainda tinha por sobrenome Munye.

Criado na Alemanha por um casal angolano que também emigrara para o país germânico, o menino cresceu falando alemão e português com facilidade. Foi na escola de idiomas que o professor lhe colocou em contato com uma exportadora que fazia negócios entre a Alemanha e o Brasil, ainda na adolescência. Assim que se emancipou legalmente dos pais adotivos, ele mudou o sobrenome para Müller. Ele continuou trabalhando na mesma empresa até o dia da sua aposentadoria. No Brasil, teve mais do que alguns filhos e filhas, nenhum dos quais ele criou e dos quais apenas Sabrina descobriu quem ele era.

Ruy e Sabrina caminharam a esmo pelo empório comercial, falando em sussurros e, quando perceberam que iriam dar a segunda volta pelas mesmas lojas, saíram e procuraram um restaurante que não estivesse muito cheio. Encontraram a algumas esquinas um bar e buscaram a mesa mais aos fundos que encontraram. O garçom, por empatia, decidiu que os dois precisavam de alguma privacidade e depois que trouxe o cardápio e os primeiros chopes decidiu não perturbar o jovem casal novamente.

O advogado Gusmão se espantou com a inventividade e a persistência de Sabrina para descobrir a identidade e o paradeiro do pai. O sr. Müller, por outro lado, não pareceu incomodado com o fato de a filha ter lhe descoberto. Ela soube de diversas fontes que o sr. Müller foi uma das razões pelas quais a firma de exportação logrou sucesso no intercâmbio entre o Brasil e a Alemanha por tanto tempo, mas agora, avançado em idade, o sr. Müller se tornara uma figura excêntrica e reclusa, que não mostrava mais tanto interesse nos jogos econômicos e políticos ao seu redor. A cada ano que passava, ele se ausentava mais de eventos sociais. Sabrina o conheceu nesse período. Ela acreditou ter visto um lampejo de algo em seus olhos, uma alegria remota, quando ela se apresentou a ele, mas não tinha certeza. Contudo, ela não foi rechaçada pelo velho em nenhum momento, que poderia querer proteger-se, afinal juntara sua pequena fortuna e uma estranha o acossava com pretensões a laços de sangue. Mas os assuntos pensão ou herança jamais surgiram entre os dois. O sr. Müller, com a placidez costumeira que adotou na terceira idade, aceitou tudo o que Sabrina lhe contou e a nova filha que a vida lhe rendeu. Talvez porque ele não tivesse mais ninguém. A única condição que o sr. Müller mantinha para permitir que a filha o visitasse era não revelar a ninguém a verdade, inclusive a seu marido.

Um dia o advogado lhe confidenciou que alguns interesses ainda mantinham a atenção do sr. Müller. Hobbies e curiosidades muito discretos. O sr. Müller pedira ao advogado que incumbisse Sabrina de uma missão relacionada a um desses interesses. Ela estava aberta a ouvir a proposta? Eles estavam sentados na sala de estar do apartamento do sr. Müller, que se retirara mais cedo para a cama. O advogado disse a Sabrina que haveria uma compensação envolvida. Sabrina aceitou o trabalho menos pelo retorno financeiro, ou por compaixão a um pai idoso que estava se esvaindo aos poucos, que por curiosidade.

O sr. Müller era no fundo um homem de hábitos muito simples, a despeito do dinheiro que juntara em vida. Ele era um homem frugal, paciente, ainda que irritadiço às vezes, que escutava tudo que Sabrina lhe contava, seus sucessos, suas insatisfações, seus medos. Quando seu pai falava com ela, quando saía do fundo de seu silêncio imperturbável para opinar sobre algum ponto, algo estava sempre emitindo um brilho no fundo de seus olhos. Sabrina julgava ser o reflexo de alguma engrenagem que não parava de se mover nunca, um motor fantástico perpétuo e silencioso – mas o que alimentava aquele motor?

As tulipas de chope de Ruy e Sabrina já estavam vazias. Sabrina pediu para voltarem para casa. Eles pagaram a conta e pararam um táxi que passava na rua. O motorista foi discreto quando Sabrina começou a chorar e fingiu não ter notado. Ruy segurou Sabrina em seus braços, olhando para o trânsito que assomava por todos os lados ao redor do táxi. A cidade fechava mais um dia.

Quando chegaram em casa, Ruy deixou que Sabrina tomasse um banho, enquanto ele saía novamente e corria até a pizzaria na esquina, para comprar o jantar. Mais tarde, terminando uma pizza de muçarela e tomate seco junto com uma garrafa de vinho branco, Sabrina continuou a sua história.

O sr. Müller seguira por muito tempo, às vezes usando recursos da empresa disfarçadamente, o destino de certas peças de arte africana que vieram parar no Brasil. Algumas ele adquiria e guardava em seu apartamento. Nesse quesito, máscaras tribais africanas pareciam ser seus itens favoritos. No entanto, com outras peças ele parecia satisfeito em rastrear a posse e o histórico. Ele compilava tudo que ia descobrindo em alguns cadernos que mantinha em um cofre em seu quarto. O cofre estava sempre aberto, ele comprou por apreciar o trabalho feito com o metal. Sabrina lera alguns dos cadernos, mas o fascínio do pai não havia passado para a filha, que não conseguiu entender a finalidade, nem mesmo captar qualquer prazer estético, do monte de tabelas com nomes, endereços e descrições em registros minuciosos e às vezes mnemônicos. Ele estava tentando resgatar suas lembranças ancestrais, reconstituindo a linha do tempo de peças de arte africana? Ela o inquiriu certa vez, mas descobriu que sobre esse assunto seu pai era um cofre ele mesmo – infelizmente, fechado.

O advogado lhe estendeu a foto com o lagarto de madeira bicéfalo. A peça parecia esmerada pela simetria das duas cabeças. Pareciam uma só, parecia que eram duas apenas por um truque de óptica.

– Os olhos são feitos de alguma gema preciosa? – Sabrina perguntou.

O advogado consultou novamente um papel que tinha em mãos.

– Obsidiana – ele disse.

A foto mostrava a peça sobre um pedaço de veludo. Segundo o advogado, era a reprodução da foto contida em um catálogo de exportação de obras de arte.

– Não era exatamente cara – o advogado disse. – Suponho que agora, que não conseguiu ser vendida junto aos demais itens do catálogo, deve valer ainda menos. Seu pai tem um grande interesse em saber onde essa peça vai parar.

– Ninguém a comprou ainda?

– Um importador estrangeiro a descartou das demais peças do lote. Desde então, ela está à venda em uma loja para colecionadores.

– Por que ele não compra?

– Seu pai parece ter medo dessa peça. Ele disse que não quer comprar. Apenas quer saber *quem* vai comprar.

– E qual o meu papel?

– Ele pediu para você ficar de olho nela. No lagarto. Veja quem vai comprar o lagarto e anote o que você conseguir nos cadernos dele.

Ruy e Sabrina tinham comido até mesmo as migalhas da pizza e o vinho já era história. Enquanto Sabrina continuava falando, Ruy preparou duas xícaras de café para eles.

– Eu não podia ficar de olho no lagarto – ela disse para Ruy. – Então eu pedi para que o advogado entrasse em contato com você. Eu só não imaginei que você ia usar isso como uma desculpa para deixar a firma. Não sabia que você estava tão insatisfeito. Mas enfim, eu também tenho minha cota de imprudência. Como você ia trabalhar para o meu pai e ao mesmo tempo eu ia manter nossa relação de pai e filha em segredo? Eu fui atrás de você algumas vezes, pensando em como te abordar para revelar tudo, mas eu desistia.

– Você sabe por que mataram o sr. Mu… seu pai? – Ruy perguntou com cuidado. Tinha medo da resposta, mas precisava saber, pela segurança deles próprios. A pergunta deixou Sabrina em silêncio. – Ele tinha algum inimigo? Estava envolvido em alguma coisa perigosa?

– Foi o hobby dele – ela disse. – O advogado me contou. Parece que foi alguém que ele roubou no passado. Sabe, ele roubava algumas obras que o deixavam obcecado demais. O advogado tem certeza de que foi um ajuste de contas.

Eles terminaram o café e encerraram o assunto. Arrumaram as coisas na cozinha e foram para a cama. Sabrina dormiu pouco depois de se deitar no colchão. Um sono profundo, mas que não pareceu muito pacífico. Ruy ficou muito tempo imóvel na cama, pensando, e não percebeu que adormecia.

Na manhã seguinte, Ruy se viu livre da necessidade de criar subterfúgios para ficar em casa. Ele tentou convencer Sabrina a inventar um resfriado e ficar em casa com ele.

— Sendo bem sincera — ela disse — já perdi um pai antes. — Ela se referia ao pai adotivo, que morreu antes de ela conhecer Ruy. — Preciso ser um pouco alheia a tudo isso, como o velho Munye.

— Só me tira uma dúvida então — Ruy disse. — Foi você quem preparou aquele disco que eu peguei com o seu pai? Aquele com a lista de nomes.

— Sim, eu fiz aquele apanhado com base nos registros nos cadernos do papai. Gente interessada em arte daquele tipo.

— Mas tem alguns nomes ali de fora do país. Quem iria se dar ao trabalho de vir para São Paulo, ir num brechó de bairro, e comprar o lagarto de madeira?

— Não sei, Ruy, estava tentando ajudar — ela lhe deu um beijo e saiu de casa.

Ruy descobriu que estava finalmente desempregado. Bom, ele disse que naqueles primeiros dias ele pensou que estava de férias, a realidade ainda não havia batido na porta. Ele entregou-se ao conforto de não ter obrigações. Comprou livros, revistas, alugou filmes na locadora do bairro. Ele transformou as suas horas diárias em uma série calculada de distrações. Tudo estava programado, até mesmo deitar-se no sofá e olhar para o teto.

Quando ele deixou a firma de advocacia no início do ano, para assumir o trabalho para o sr. Müller, não pensou demais nos motivos que o levaram àquela decisão. Como advogado pleno de uma firma trabalhista menor, seu caso mais empolgante foi quando precisou litigar contra uma rede varejista para que pagassem os danos sofridos por seu cliente, um empacotador de caixa que levou um talho na testa quando um homem revoltado atirou um tijolo contra a vitrine do supermercado em que trabalhava. Ruy não era um idealista, tinha os pés no chão. Talvez só um pouco de sangue viking ansioso por encontrar um dragão que fosse.

O advogado entrou em contato com Sabrina e lhe disse que havia um dinheiro a ser recebido como herança e para Ruy ele disse que podia lhe conseguir um novo trabalho, uma nova tarefa investigativa, para o escritório de um colega, uma tarefa legítima de investigador privado.

– Compraram o lagarto. – Após se apresentar com um nome de que Ruy não tinha lembrança, o rapaz no telefone lhe disse isso com certo tom de urgência.

– Espere um pouco, acho que não me lembro do seu nome – foi a resposta de Ruy.

– Perdão. Trabalho no Relíquias do Café? Nós conversamos na estação do metrô coisa de um ano atrás.

Ruy se lembrou do embuste com o distintivo policial falso.

– Não posso me demorar muito. O nome do comprador é... – O barista lhe deu um nome e Ruy o anotou em um pedaço de papel.

– Muito obrigado – ele começou a dizer, mas o rapaz já havia desligado.

Ruy vasculhou uma caixa onde guardava uma infinidade de coisas das quais não queria se desfazer e das quais tampouco sabia qual utilidade tinham e encontrou o disco CD-ROM que lhe foi entregue há muito tempo, em outra vida, em um quarto de hospital. Ele não pôde deixar de pensar em Sabrina quando abriu a planilha de nomes e procurou pelo nome que anotara no papel há pouco. Ele encontrou o nome em questão. O endereço correspondente era em São Jorge, litoral sul do estado. Com a satisfação de quem amarra uma ponta solta, Ruy ejetou o disco e guardou-o novamente em sua caixa plástica e o devolveu ao seu lugar.

Espero que eu não tenha causado nenhum problema ao rapaz que trabalha no café, ele pensou. Esse pensamento o colocou em alerta, pois já lhe voltava à mente o desfecho que a história com o sr. Müller teve. Ou melhor, o desfecho inexistente. Havia um atestado de óbito e um encerramento abrupto de um contrato. O sr. Müller faleceu sem descobrir o paradeiro final daquele item que se tornara uma de suas obsessões. Talvez essa nova informação lhe transmitisse alguma paz, na época. Não que qualquer paz o ajudasse, dado a forma como encontrou seu fim.

SALAMANDRAS

Ruy nos contou sua história ao longo de uma tarde, nós três sentados no deque à beira da praia. Ele nos contou que após a morte do sogro, descobriu que o falecido havia acumulado uma bibliografia extensa sobre o lagarto bicéfalo. Em várias referências se encontrava a mesma alusão à capacidade do lagarto de desvendar os espelhos que separavam a visão física do mundo da visão espiritual – para que o homem pudesse enfim ver a si próprio. O "ver a si próprio" variava em denotação de texto para texto. Uma metáfora sobre o autoconhecimento em um registro, um encontro místico com si mesmo em outro.

Aquele barista acreditou que Ruy era um policial e roubou o caderno de registros de compra e venda do seu chefe. Com isso, Ruy pôde traçar a origem do totem. O lagarto fora adquirido dentre os refugos de uma coleção que deveria ter sido exportada. O dono do Relíquias do Café, então em posse do lagarto, tentou repassá-lo em sua loja. Voltando no tempo através dos registros do sr. Douglas para descobrir de quem a casa de leilões havia primeiro adquirido o lagarto, Ruy descobriu que foi da mesma pessoa que mais tarde comprou a peça de volta no Relíquias do Café.

Ruy nos contou como entrou em contato com um empresário da região, com quem o próprio sr. Munye já havia tratado durante suas aventuras de colecionador. Eventualmente ficou sabendo que um dos moradores da região tivera contato com os diários de um antigo barão português, acometido de uma curiosa loucura. Assim, Ruy e o vô se conheceram.

Agora, Ruy sabia a identidade de quem havia comprado o lagarto.

O vô morava há muitos anos na região, com um conhecimento abrangente das famílias que moravam ali, mas ele não conseguiu reconhecer o nome do comprador: Alhambra Cazália.

– Um nome certamente mágico – disse o vô, satisfeito, pensando explicar muita coisa com seu julgamento.

O endereço de sua casa ficava na extremidade leste da Baía dos Lagartos. Parecia ficar em uma zona de brumas, pois o vô não conseguiu precisar que casa era essa, nem quem passara por lá. Estava convencido de que Cazália era uma adição recente ao filão de moradores no distrito, caso contrário saberia associar o nome a uma anedota.

No dia seguinte, o vô decidiu enviar seu motorista ao endereço para fazer um reconhecimento do local. Ele aproveitou que Ruy não daria as caras em nossa casa e conspirou comigo os detalhes da empreitada. Décio, o motorista, deveria ir até a casa em questão para sondar o terreno. Se encontrasse alguém vivendo ali, deveria inquirir ingenuamente se eram donos ou alugavam a casa, ele estava a serviço de alguém interessado em propriedades na Baía dos Lagartos.

O motorista do vô era um homem que passara dos sessenta em um corpo que ia se encurvando com o passar do tempo, porque simplesmente não parava de trabalhar. Além de dirigir para o vô, ele cuidava do jardim e de qualquer conserto na propriedade que não precisasse de mão de obra especializada. Alto, com a tez amarelada por alguma deficiência hepática e o rosto sempre bem escanhoado, Décio em geral possuía mais disposição no dia a dia do que a sua aparência sugeria. Ele escutou o pedido do vô e o subterfúgio. Quando o vô terminou de falar e lhe entregou um pedaço de papel com o endereço, Décio fez uma expressão de surpresa.

– Sabe onde fica? – perguntou o vô.

– Acho que sim. Mas faz muito tempo que não ando por aqueles lados – o motorista respondeu. – Não achei que alguém ainda morasse lá.

– Bom, é isso que eu quero saber. Escutamos umas histórias contraditórias.

– Tudo bem, Tadeu, vou fazer o que senhor pediu.

O vô se despediu do motorista e voltou para a sala, onde eu estava sentado. Ficamos os dois em silêncio, ouvindo o motorista fechar a porta da frente e caminhar pelo cascalho. O barulho da porta do carro fechando soou como um truque auditório fora do lugar na manhã calma. Pouco depois, acompanhamos o ronco do motor até que ele sumisse na distância. Estimando a distância da nossa casa até o endereço de Alhambra Cazália, calculamos que o motorista voltaria antes do almoço, mas, mesmo quando a noite caiu, ele ainda não havia voltado. À medida que a noite avançou, nós continuamos consumindo café. Cada um por sua vez puxando algum assunto desinteressante para que o terror não nos assolasse.

O vô falou muito pouco durante o desjejum no dia seguinte. Lurdes serviu o café e os pães. Ela esperou por um momento em que o vô pareceu menos hostil e nos informou que Décio ainda não havia aparecido para o turno da manhã. Ela bateu à porta do sobrado e não obteve resposta. O vô apenas resmungou qualquer coisa, que ela não se preocupasse, deixasse que ele tivesse um dia de folga.

Mais tarde, Ruy apareceu em casa e nos reunimos na biblioteca. Quando foi inteirado sobre a situação, Ruy guardou um momento de silêncio antes de falar:

— Já ouviu falar nesses novos aparelhos telefônicos portáteis? Se o motorista tivesse um desses, a gente podia ligar pra ele e perguntar o que tinha acontecido, por que ele não voltou pra casa.

— Sim, já ouvi falar deles — respondeu o vô. — Parecem só mais um treco. Eu não imaginava que ia ter que lidar com uma pessoa perdida na selva.

— Devemos alertar a polícia? — eu perguntei.

Os dois se entreolharam. O vô foi categórico e respondeu que não.

— Décio tem família? — Ruy perguntou.

— Uma filha que se mudou do estado. Espero não ter que ligar pra ela — o vô respondeu, mais chateado que pesaroso.

As horas do dia se alongaram além do conveniente. Percebemos, cada um a seu tempo, que não convinha gastá-las recolhidos na biblioteca, ou sentados na sala, ouvindo o vento e o mar. Ruy disse que ia chamar um táxi e voltar para o hotel, ia analisar suas notas. Eu tirei a bicicleta da garagem, enchi os pneus e saí para pedalar na beira da estrada. Durante a ida e a volta não passei por nenhum veículo. Na floresta que cercava a estrada em ambos os lados, folhas, animais e vento conspiravam num escarcéu agradável, pássaros incógnitos pontuavam de forma estridente a pauta daquela convocação selvática.

O vô se isolou novamente na biblioteca. No meio da tarde, levei uma xícara de café para ele e vi que estava sentado na cadeira apenas olhando para a parede. Os diários do velho barão Gois sobre a mesa haviam sido empurrados para longe.

Um pouco antes do anoitecer naquele segundo dia de espera, eu e o vô escutávamos um disco de samba melancólico quando o interfone gritou na cozinha. Era o aparelho que recebia as chamadas feitas no portão que dava acesso à estrada. Ouvimos Lurdes atender a ligação, trocar palavras que não captamos e depois vir até a sala nos avisar que a polícia estava chegando.

Quando um par de faróis se aproximou pela estradinha que vinha do portão, nem eu nem o vô dissemos qualquer palavra um ao outro e apenas acompanhamos com um olhar expectante os dois veículos se delinearem com maior clareza enquanto se aproximavam.

Escurecia. O céu já deixara o azul da tarde e enviesava rumo ao preto da noite, onde poucas estrelas despontavam. Logo a escuridão do lado de fora seria tamanha que na vidraça da sala que dava para o jardim nós iríamos enxergar apenas as nossas imagens refletidas: dois homens assombrados em uma grande sala de estar. Como a noite ainda estava começando, conseguimos ver uma viatura de polícia e a nossa caminhonete rodearem o jardim embaixo dos fracos postes de luz que iluminavam a entrada da casa. Os dois carros pararam sobre o cascalho em frente à garagem e eu e o vô nos levantamos ao mesmo tempo do sofá, quase correndo para abrir a porta da frente.

Dois policiais acompanhavam Décio em nossa direção. Ele parecia um tanto abatido, como se tivesse perdido pelo menos duas noites de sono. Arregalava os olhos enquanto caminhava e amassava a boina entre as mãos ansiosas.

– Décio, o que aconteceu com você? – o vô perguntou a todos ao mesmo tempo. – Está tudo bem com ele?

– Uma patrulha encontrou o Décio caminhando à beira da rodovia, ontem à tarde, bem cedinho. Ele disse que tinha ficado sem gasolina e tinha deixado o carro para trás. Ele foi encontrado na altura do quilômetro... – o policial mais novo relatava em tom seco, com as mãos nos bolsos e o olhar fixo em Décio, como se olhasse para uma figura de papel que precisaria aparar se um vento mais forte lhe tirasse o equilíbrio.

Um pouco enfadado, o policial mais velho interrompeu seu parceiro para lembrar a todos que Décio enfrentara um azar danado. Ele andou muito para bater na porta de um par de casas em busca de ajuda, mas todas estavam desocupadas.

– É baixa temporada – o policial mais novo retomou seu relato desinteressado. – Nós o levamos até o Santa Dulce para os médicos darem uma olhada nele e pediram que ele ficasse em observação. Pressão muito baixa, parece.

O policial mais novo falou como não conseguiram obter de Décio nenhum número de telefone para que um familiar ou amigo fosse contatado.

– O doutor Almeida no Santa Dulce foi quem resolveu o problema do Décio. Ele o reconheceu e garantiu que o conhecia, que trabalhava para o senhor. – O policial mais velho empurrou Décio com gentileza, como se entregasse uma cortesia num restaurante. Ele e seu parceiro esperaram em silêncio que nós disséssemos alguma coisa.

O vô se desfez do atordoamento:

– O doutor Almeida é um anjo.

O policial mais novo pediu mais algumas informações ao vô, principalmente sobre o carro, enquanto eu levava Décio para a sala de jantar.

Lurdes estava em atividade na cozinha, sem questionar o súbito aparecimento da polícia à nossa porta. Ela esquentou um resto do almoço no micro-ondas, arroz à grega e parte de uma costela suína com molho doce. Décio aceitou depois de oferecer uma resistência apenas protocolar. Enquanto comia, ela voltou à cozinha e preparou dois mistos quentes, abriu uma caixa de suco de laranja, colocou alguns copos sobre uma bandeja e levou tudo para a mesa. Eu e o vô comemos os sanduíches, ansiosos para que Décio terminasse de comer e desse início ao seu relato. Ele se dedicava de corpo e alma a devorar a costela junto a bons bocados de arroz. Eu e o vô mastigávamos o pão e o queijo mecanicamente, com os olhos presos em um campo magnético ao redor de Décio.

Depois que ele terminou de comer e bebeu um copo cheio de suco de laranja, eu perguntei ao Décio o que o médico disse a ele.

– Ele achou a minha pressão muito baixa. – Ele tinha o ar satisfeito de quem aproveitou uma refeição. Eu e o vô trocamos um olhar de surpresa. Décio sofria há anos de pressão alta. – O sr. Décio faleceu naquela casa com o muro branco, infelizmente – o duplo disse.

Cerca de dez anos antes de sua morte, Décio foi uma celebridade na cidade de São Jorge durante um curto tempo. Sua fama durou quinze minutos e foi trágica.

Houve um grande incêndio em São Jorge quando um caminhão que transportava combustível tombou em uma rotatória. A quantidade de combustível que irrompeu em chamas incendiou um quarteirão inteiro à beira da rodovia e o fogo se alastrou sem obstáculos nem dificuldade bairro adentro. A ação rápida do corpo de bombeiros salvou muita gente. O dano a casas e comércio foi incalculável.

Décio dirigia um ônibus para o município. Moravam apenas ele e a esposa na casa onde também criaram uma filha.

Quando os bombeiros bateram na sua porta e gritaram, pedindo que saíssem o mais rápido possível, que toda aquela área ia queimar, ele não pensou em carregar nada consigo. Ele e a esposa saíram de mãos dadas e baldearam atônitos pelas ruas da cidade sob um céu vermelho-fogo. As ruas se encheram com pessoas em diferentes graus de pânico ou atordoamento. A polícia e os bombeiros fizeram escoar a multidão para longe das zonas de risco.

A esposa de Décio demorou para se recuperar da incrível quantidade de fumaça que respirou naquela noite, com recaídas que a mantiveram presa a um respirador no hospital público da cidade, o Santa Dulce, até o dia em que não aguentou mais.

Um repórter que fazia as rondas pelo hospital em busca de pautas apresentou a história de Décio no noticiário local. Foi assim que o vô o conheceu, pois entrou em contato com o jornal e pediu o contato de Décio e lhe enviou uns víveres durante um tempo. Conheceram-se pessoalmente um dia em que o vô esteve na cidade. Décio era quase vinte anos mais novo que o vô, não ria, ou ria com tanta dificuldade e discrição que era o mesmo que não o fizesse. Ele morava em uma quitinete e, quando falava sobre o incêndio, seu peito se enchia de gratidão por ainda estar vivo, mesmo com a tragédia resultante.

Tinha uma conversa fácil, mas o vô demorou para tirar dele que, sim, estava em dificuldades. Naquele dia voltaram juntos para a Baía dos Lagartos, Décio dirigia. Lurdes simpatizou com ele rapidamente, talvez porque tivesse assistido à mesma reportagem na televisão.

O vô levantou todo o histórico que pôde sobre Décio e quando estava convencido de que podia confiar no homem, ofereceu-lhe o emprego de caseiro, contando ainda com que ele fosse seu motorista quando preciso. O vô era definitivo ao afirmar que nunca havia tido problemas com Décio. Ele tirava folgas quando podia para visitar a filha fora do estado e em geral não parecia ter preservado amizades íntimas em São Jorge, fora uns poucos parceiros de dominó nas noites de sexta.

O duplo que o substituía na nossa mesa de jantar era em todo semelhante ao falecido Décio, com uma exceção importante. Décio sobreviveu ao incêndio, após perder casa e esposa, convencido até os ossos de que vivia sem possuir mais nada no mundo. O duplo, ao contrário, depois que se revelou para nós, adotou um brilho urgente no olhar, a disposição muito clara de alguém que carrega uma mensagem.

O duplo sustentou o silêncio até que o vô se irritou e esmurrou fracamente a mesa com seu punho muito magro e gritou um feroz:

— Desembuche!

— Os homens-chama o levaram — o duplo nos encarava sem piscar. — Eles estão sempre de olho em quem se aproxima da porta.

— Que porta? — eu perguntei, desolado.

Eu ainda não entendia o que estava acontecendo. O duplo do vô, anos atrás, viera pedir sua ajuda, mas porque o vô o ignorou, ele nunca deixou claro de que forma pretendia que o vô ajudasse.

O duplo retirou a boina da cabeça e coçou o pouco cabelo que ainda tinha.

— Esses homens-chama querem tomar tudo e o dono daquela casa acredita neles.

— Que homens-chama? — eu perguntei.

— Quando um de nós passa para cá — o duplo começou a falar, tateando pelas palavras como num porão de tralhas — a porta fica aberta, sabe. Pelo menos um pouquinho, e eles vêm. Eles conseguem passar, mesmo se você deixar a porta aberta só um pouco. São muito perigosos.

O vô começou a tamborilar os dedos sobre o tampo da mesa, o que era um sinal inconfundível de sua impaciência.

— O dono daquela casa sabe sobre o senhor — o duplo disse.

— Quem é ele? — perguntou o vô.

Uma expressão de desgosto se infiltrou no rosto do duplo. Eu olhava com atenção o seu rosto, tentava desvendar qual era o seu segredo, qual era sua mensagem, e percebi que sua imagem começava a falhar; a imagem do seu rosto, não o rosto que eu poderia tocar se estendesse minha mão. A imagem parecia não se definir muito bem, começou a tremer e a perder o foco, como uma projeção de vídeo mal ajustada sobre uma tela. Em poucos segundos, como se alguém tivesse consertado o projetor, a imagem voltou a adquirir a nitidez da vida real.

— O dono da casa onde Décio foi pego. Eu não sei o nome dele, tenho a impressão de que possui muitos nomes. Foi ele quem nos chamou, ele abriu a passagem que dá no interstício. Ele não esperava que viesse todo mundo, mas nós viemos. — O duplo deu de ombros. — E os homens-chama vieram junto.

Pareceu que uma grande fadiga se apoderou do duplo enquanto tentava passar sua mensagem para nós. Ele veio nos alertar sobre os homens-chama? O que eram os homens-chama?

O vô notou quando o duplo visivelmente cabeceava à mesa.

– Talvez você queira descansar, Décio – o vô disse.

O duplo balançou a cabeça afirmativamente. Ele tentou vocalizar alguma resposta, mas suas forças o abandonaram.

Nós o levamos até o sobrado em que Décio morava a algumas centenas de metros da nossa casa. Quando eu peguei no seu ombro, me surpreendi que fosse sólido. Se ele era feito da mesma matéria que eu, ainda não sei dizer até hoje, e foi essa questão que fez se desenrolar mais tarde, na madrugada, minha tragédia particular.

Quando alcançamos o sobrado, levamos o duplo, que mal conseguia equilibrar-se, escada acima, até o quarto. Ele se deitou na cama removendo apenas seus calçados. Notei que eram demasiadamente reais, tinham o peso, a textura e toda a sujeira de um sapato real. E acaso não eram reais? Remoía esse tipo de dúvida quando deixamos o sobrado e voltamos para casa. Sobre o que eu tinha qualquer direito de asseverar a realidade, qual autoridade eu tinha? Ou ainda, estávamos todos ficando loucos, juntos, uma insanidade coletiva a que havíamos dado mais ouvidos que o necessário? Não era Décio, o mesmo Décio que eu conhecia desde a juventude, que repousava agora no sobrado?

Na época do grande incêndio em São Jorge, a escola particular onde eu estudava montou um mutirão de jovens voluntários para ajudar no que fosse possível. As pessoas que escaparam com vida do incêndio, mas perderam a casa, estavam alojadas em escolas públicas e ginásios da cidade. Estavam abrigadas em barracas de acampamento ou em colchões, com lençóis e roupas doadas, se organizando da forma como melhor se amparassem.

O pessoal da minha escola formou um grupo para ajudar na distribuição dos lanches e sopa na hora das refeições. Estas eram servidas sobre grandes tapumes de madeira apoiados em cavaletes. Acho que escolheram a nós, crianças, para que as crianças do outro lado da mesa se sentissem menos desamparadas. Elas haviam perdido o conforto e a segurança do lar, seus pais eram sombras que se esforçavam como podiam para sustentar qualquer ilusão de normalidade em meio ao desarranjo da nova rotina; acho que interagir com outras crianças,

crianças que não compartilhavam do *grande mal* delas, ajudava a manter nelas certa esperança de que o mundo ainda estava a salvo.

Uma garota da minha classe, Miriam Matias, cuja casa era bem próxima da minha, na época tomou a frente do grupo de crianças voluntárias. Lembro como fiquei admirado com a energia dela, quando eu mesmo me assustava com o destino daquelas crianças que pareciam ter sido jogadas para fora do jogo do mundo real. Sempre estudei na mesma classe de Miriam e, como morávamos muito perto um do outro, tínhamos a rotina de voltar para casa juntos no mesmo transporte. Crescemos como bons amigos, mas não nos víamos com frequência desde que eu me mudara de São Jorge.

Na noite em que o duplo de Décio surgiu, sonhei com Miriam. Eu estava sentado no deque no fundo da nossa casa, o pequeno deque que dava acesso à praia, e ela aparecia no horizonte arenoso, sua imagem tremendo a princípio como uma ilusão de ótica. Quando chegou perto, notei que era imensa e real. Eu mal atingia o seu joelho. Ela trouxe sua mão até o chão e eu subi em sua palma. Ela me ergueu até seu ouvido. Umas quatro ou cinco moscas caminhavam sobre a pele acobreada ao redor de sua orelha. Cada uma era do tamanho de uma bola de basquete e, tão perto, tão grandes, faziam um barulho que vibrava silencioso em meu estômago. Miriam queria que eu espantasse as moscas. Eu me desesperei, pois não sabia como fazê-lo. As moscas eram enormes. Por mais que eu abanasse as mãos, dificilmente qualquer uma delas se espantaria por minha causa. Então eu tive a ideia de queimá-las. Eu tinha um isqueiro no bolso.

Eu gritei para Miriam:

— Não se preocupe, não vou machucá-la! — Então, eu me aproximei de uma das moscas e acendi o isqueiro próximo à sua asa.

Eu despertei com o barulho de um carro manobrando sobre o cascalho. O quarto ainda estava muito escuro. O mostrador digital do relógio ao lado da cama indicava três horas da madrugada. Eu aguardei na escuridão, com os ouvidos aguçados pela forte curiosidade. Meu quarto ficava logo acima da sala de estar, de forma que eu consegui ouvir um par de vozes discutirem brevemente qualquer coisa na porta da frente. Deitado, ouvi seus passos secretos seguirem na direção do sobrado onde o duplo de Décio dormia. Eu tinha certeza de que uma das vozes era do vô. Eu me ergui da cama e fui sorrateiro até a janela. Abri um pouco a cortina e espiei lá fora. Havia um carro estranho parado em frente à garagem. Vesti-me às escuras e saí do quarto com os pés descalços.

A noite estava agradável. O barulho do mar chegava até mim claramente, vindo da escuridão atrás da casa. Olhando na direção do sobrado de Décio, não vi ninguém caminhando por entre as sebes escuras, nem luzes acesas nas janelas, mas caminhei naquela direção mesmo assim.

As grandes pedras de argila do caminho tortuoso entre as sebes estavam frias sob as solas dos meus pés. Ouvi algo rastejar na grama e parei onde estava. Deduzi que foi algum roedor noturno, sentindo-me tolo com o susto.

A porta do sobrado estava aberta e a noite entrava luminosa pelas janelas sem cortinas da cozinha aos fundos. Pensei ter ouvido algum ruído vindo daquela direção. Pé ante pé, atravessei a sala e depois a cozinha, seguindo aquele ruído que eu sabia não ser de todo imaginário. A porta da despensa estava aberta. Eu espiei antes de entrar. Uma pesada estante de metal, que guardava mantimentos, estava em um ângulo esquisito dentro da pequena despensa, a quarenta e cinco graus entre a parede dos fundos e a parede ao lado. Percebi que estava olhando para uma entrada secreta na parede do fundo da despensa, com degraus que desciam partindo do escuro rumo a uma luz fraca e vozes.

Atrás de mim, eu escutava o mar na noite, esbravejando contra a minha imprudência. Volte para a noite, ele dizia, volte ao sono e ao sonho e aguarde o amanhã. Meus sentimentos eram muito difíceis de decifrar naquele momento. Acho que foi a indignação de descobrir um segredo tão bem enterrado em minha própria casa que me fez descer os primeiros degraus. Os demais passos simplesmente seguiram a inércia do primeiro impulso temerário.

A escada e as paredes eram de cimento cru e mal niveladas, os degraus machucavam os meus pés. Eles desciam ao longo de uma curva aberta. As vozes foram ficando mais altas, ainda que fosse difícil discernir palavras. Uma delas pertencia ao vô.

Quando cheguei próximo ao fim da escada, eu parei e me apoiei na parede e me agachei para observar o que estava à minha frente: uma espécie de câmara feita do mesmo cimento cru, com algumas lâmpadas fluorescentes penduradas no gesso do teto. O vô e outro homem conversavam com as costas viradas para mim.

– ... quando eu o vi tentar sumir, bem ali sentado à mesa comigo e Daniel na sua frente. Ele tentou desaparecer na nossa frente, mas não conseguiu. Provavelmente algo relacionado ao seu aspecto de profundo cansaço – o vô contava para o homem ao seu lado o que havia acontecido na mesa de jantar mais cedo.

– Você imagina então que ele precisaria de alguma força física para sumir. – A voz do outro homem soou familiar. – Da mesma forma, talvez ele precise de um certo nível de consciência, precisa estar desperto.

Os dois homens estavam parados na frente de algo e bloqueavam minha visão do que quer que fosse. Na outra extremidade da câmara, havia uma espécie de caixa d'água. Do meu ponto de observação, apenas consegui distinguir as paredes metalizadas da caixa e um conjunto de mangueiras que a ligavam a alguma espécie de dispositivo preso à parede. Algo naquela câmara emitia um ruído parecido com a bomba de uma piscina.

– Venha, Daniel, se aproxime – o médico Almeida virou para trás e olhou para mim. Tinha o semblante apavorado. O vô também se virou, olhou para mim dos pés à cabeça, mas não disse uma palavra.

Eu me levantei e me aproximei dos dois com cautela. Eles se afastaram e vi que estavam diante de um catre, onde o duplo de Décio estava deitado e desacordado.

– Esse rapaz é corajoso, Tadeu – o médico disse para o vô, que não ligou para o comentário e voltou seu olhar para o duplo. O vô disse apenas:

– Não pense mal de nós, Daniel.

– Ele está morto? – eu perguntei.

– Não – responderam em uníssono.

O vô olhou para mim como se estivesse certo de que começaríamos uma briga a qualquer momento, seus olhos estavam injetados. Provavelmente não dormira ainda.

Antes que eu pedisse por explicações, uma mão deslizou um lenço sobre a minha boca, com um cheiro tão forte...

Acordei com uma dor pungente na base do crânio. Eu estava encolhido a um canto da câmara construída sob o sobrado no jardim de nossa casa. Uma câmara que foi um segredo por toda a minha existência e que agora me encerrava como um prisioneiro. Ao despertar, eu me ajeitei da forma mais confortável que consegui sobre aquele chão duro e frio, com as costas apoiadas em uma parede áspera. Meus pés não sabiam o que fazer daquele novo terreno. Quando consegui uma posição mais ou menos confortável, comecei a massagear minha cabeça, tentando suavizar a dor que pulsava junto com o meu sangue. Que horas seriam? Eu não tinha como saber. Aturdido, tentava negociar com a lucidez.

Quase dei um pulo quando percebi que não estava sozinho. O duplo de Décio, que há pouco estava refestelado sobre o catre, tão quieto que não o notei, levantou-se devagar e sentou na beira da cama. Ele abriu a boca para falar algo e eu o ajudei:

– Daniel – eu disse o meu nome para ele.

– Daniel – ele repetiu e balançou a cabeça. – Sinto muito se eu fui a causa de você ter vindo parar aqui. Isso definitivamente não fazia parte do plano.

– Plano? – aquilo ia me distrair da situação corrente. – Então vocês tinham um plano quando começaram a visitar essa dimensão? – Falar aquilo em voz alta soou tolo e improvável e eu acrescentei em um adendo defensivo: – Ou seja lá o que vocês fazem.

– Nós atravessamos o interstício para chegar aqui – ele fez uma pausa, esperando que eu pedisse mais detalhes, mas eu mantive o silêncio.

Se eu não tivesse visto o homem tremeluzir sob as lâmpadas da sala de jantar na noite anterior, como se ele fosse inteiro feito de faíscas que por um instante piscaram fora de sintonia, eu teria desconsiderado tudo que ele me falou lá na câmara.

Ainda que sua voz, seu rosto e seu corpo fossem idênticos ao do Décio que eu conhecia há muito tempo, reparei enquanto falava que se tratava de uma pessoa inteiramente diferente. Eram os mesmos componentes, agregados da mesma forma, mas o sopro que o mantinha vivo era de outra natureza. Quando ele falava dos outros duplos – ele falou sobre o meu duplo e também sobre o duplo do vô – entendi que não falava de pessoas. Cada um deles, iguais a nós apenas por uma necessidade intrínseca da natureza, era uma expressão particular do que era na verdade uma única memória coletiva, cada duplo era uma manifestação individual dessa mesma memória. Não tenho certeza quanto a este ponto, mas a extensão dessa memória deveria incluir a memória real de todos os vivos e os mortos que já habitaram a Baía dos Lagartos. Surpreendeu-me, quando tive esse relance, que uma entidade maior que um único eu estivesse falando comigo.

Foi apenas uma impressão passageira e não a entendo de todo até hoje. O que Décio me falou na câmara também me deu a entender que essa entidade era local, estava atrelada (ou presa) àquela área geográfica em particular, a Baía dos Lagartos.

Ele, o duplo de Décio, não soube dizer por que a porta que ligava nossa região ao interstício foi aberta, mas estava aberta há muito tempo. Eles, os duplos, eram livres para ir e vir pelo interstício, mas precisavam da porta aberta para fazer isso. Durante nossa conversa eu comecei a desconfiar sobre o que mantinha essa porta aberta. Provavelmente envolvia o lagarto de madeira bicéfalo, que Ruy estava buscando.

O duplo de Décio disse que ele e os demais não pretendem possuir nada do mundo de cá. Nunca tiveram a intenção de permanecer e quando um deles cruza a porta, seu coração não demora a ansiar novamente pelo retorno. Contudo, como a porta ficou muito tempo aberta, os homens-chama os seguiram para o lado de cá.

— Nós não podemos lidar com eles — ele disse. — O fogo deles é uma das poucas coisas que pode aniquilar um de nós. Então se eles enxameiam ao redor da entrada, não temos como voltar com facilidade.

— Achei que vocês pudessem fazer o truque do desaparecimento em qualquer lugar.

— A porta está em muitos lugares, mas é apenas uma.

— Na noite passada, você tentou voltar, não tentou? Mas não conseguiu.

— Não consegui. Se eu tentasse com mais força, teria sido incinerado. Pegaria fogo na sua frente.

Ele já tinha saído do catre e caminhava a esmo pela câmara enquanto falava. Eu continuei sentado, adiava o momento em que precisaria começar a pensar em como sair dali ou a me preocupar com o que estava reservado para mim no cativeiro.

— Por isso precisamos que algum de vocês, vocês que vivem no lado de cá, vá até a porta e a feche de uma vez. Do jeito que as coisas estão, com os homens-chama aumentando em número, esse desequilíbrio há de acarretar algum mal. Você parecia um candidato bem-disposto para a tarefa, Daniel, mas era muito novo e então abordamos o seu avô. Mas não previmos que ele desenvolveria umas ideias muito próprias. — Nesse ponto o duplo parou e olhou para a caixa d'água no outro lado da câmara. Eu não sabia qual era a finalidade daquele tanque na época, mas julguei ser apenas uma caixa-d'água subterrânea. O barulho da bomba, que não desligou um momento sequer em que estivemos lá embaixo, me convenceu dessa opinião e não tive interesse em investigar o tanque. – O seu avô e o amigo dele me pegaram desprevenido ontem à noite, e aqui estou, confinado com você. Não foi um prejuízo total, pois tivemos a chance de ter essa conversa, mas eu preciso voltar. Eles me trataram com algum narcótico ontem à noite. Eu sei o que eles querem comigo, querem me cortar, me olhar por dentro. E eu temo pelo resultado que isso teria. Portanto, vou aproveitar essa brecha momentânea e partir. Espero te encontrar em uma situação melhor, Daniel. Até mais.

A imagem do duplo tremeu, como eu a tinha visto tremer na noite anterior, como se eu olhasse para uma televisão com uma sintonia ruim. Ela foi perdendo a profundidade, decompondo-se até se tornar inteiramente transparente, como se fosse um aplique adesivo sobre uma lâmina de vidro e o vidro começasse a perder consistência, e aos poucos a imagem sumiu no ar. Então não havia mais sinal da presença do duplo na câmara.

Dois dias inteiros se passaram. Ou eu achei que dois dias se passaram, já que não tinha como acompanhar as horas.

Não fiquei surpreso na primeira vez que Lurdes apareceu no pé da escada com duas bandejas de comida, mas ela, por sua vez, pareceu um pouco confusa quando me viu.

– Seu avô me disse que havia duas pessoas aqui – ela disse, sua voz quase falhando, sem me cumprimentar. Eu estava sentado no chão, encostado em uma parede afastada da escada e não lhe respondi.

Ela olhou para os lados sem saber onde deixar os pratos, até que enfim os colocou sobre o catre e saiu. Lurdes continuou deixando comida para mim com regularidade, mas passou a fazê-lo no topo da escada, sem descer os degraus. Às vezes era um copo de leite ou um suco de frutas, junto com um pão com uma fatia de carne de porco ou uma canja de galinha ou salada e peixe. Ela caprichava no cardápio, pensando que aliviava o meu infortúnio. De onde eu estava, geralmente deitado sobre o catre onde encontrei o duplo de Décio, eu a escutava abrir a porta secreta no topo da escada e depositar a bandeja sobre o chão. Ela dava umas pancadinhas na chapa de metal interna da porta e então a fechava com um clique sólido e definitivo. Eu nunca tentei assaltá-la no topo das escadas. Pareceu que só me criaria mais problemas.

Eu também não me esforcei para calcular o número de refeições. Ela parecia me trazer a comida em horas um tanto aleatórias. De qualquer forma, no que parecia ser o terceiro dia de cativeiro, ela gritou do topo das escadas que ia descer. Ouvi ela arfando enquanto descia os degraus. Parecia carregar alguma coisa pesada.

Quando ela apareceu na entrada da câmara, era a primeira pessoa que eu via há cerca de três dias e carregava um aparelho de televisão. Ela o depositou no chão e subiu as escadas e desceu novamente com um aparelho de videocassete. Ela também trouxe presa embaixo do braço uma extensão elétrica, cujo fio de energia subia pelas escadas atrás dela.

Ofegante, ela se virou para mim e disse que eu não tentasse nada tolo, pois havia um homem esperando por ela lá em cima. Eu perguntei por que ela não pediu que essa pessoa ajudasse a trazer os aparelhos eletrônicos para baixo. Ela não respondeu.Ela ligou a televisão e o videocassete na extensão elétrica e ligou os dois com um controle remoto que tirou do bolso de sua calça.

A imagem um tanto embaçada da biblioteca do vô apareceu na tela. A gravação parecia ter sido feita com uma câmera escondida sobre sua escrivaninha, meio oculta por uma pilha de livros e alguma espécie de véu quase translúcido que cobria a lente. Ainda assim, a resolução era boa o bastante para que eu visse que estavam sentados ao lado da escrivaninha o vô e o meu duplo.

Houve algum rumor na direção da porta da biblioteca e o som de passos trouxe Miriam, minha antiga colega de escola e de voluntariado, para o meio da cena que obviamente a aguardava.

O meu duplo se levantou da cadeira e deu um abraço apertado em Miriam. Os dois trocaram exclamações conjuntas sobre há quanto tempo não se viam e em seguida Miriam se aproximou do vô e o cumprimento com um breve beijo na bochecha.

– Como vai o seu pai? – o vô perguntou, enquanto Miriam puxava uma cadeira vaga para mais perto dos dois e se sentava. Ela disse que o pai estava bem e que queria visitá-los o quanto antes, mas era cada dia mais difícil tirá-lo de casa. Sua mãe tinha trabalho para arrastá-lo até a praia para caminhar um pouco.

O meu duplo se dirigiu a alguém que não estava enquadrado na cena e eu entendi que falava com Ruy. Ele estava contando sobre a ONG em que Miriam trabalhava e que funcionava em cinco municípios ali no litoral sul do estado.

– Eles dão aulas de reforço de língua inglesa para crianças e adolescentes do ensino público – ele se voltou para Miriam, que sustentava um sorriso jovial no rosto. – Vocês já adicionaram mais algum idioma, estão ensinando espanhol, talvez? – O sorriso dela era razão suficiente para que as televisões continuassem se desenvolvendo no futuro e oferecessem algo melhor que aquela resolução impressionista.

– Por enquanto oferecemos apenas inglês. Tem sido difícil manter um quadro ativo de professores voluntários. Muitos que nos ajudam vêm da capital ou do interior, mas não podemos oferecer espaço para aula fora dos municípios onde estamos hoje.

– Eu poderia participar dessa ONG, ou já estou velho demais? – Ruy perguntou, o que causou alguns risos. – Sou descendente de irlandeses, mas nunca aprendi a dar um bom dia em inglês, vocês acreditam? Eu vim de escola pública. Se houvesse uma ONG assim nos meus tempos de garoto, eu teria me inscrito para assistir às aulas.

Em determinado ponto da conversa, Lurdes entrou na biblioteca carregando uma bandeja com xícaras e um bule de café. A Lurdes ao meu lado limpou a garganta com a entrada dela em cena. Parecia desaprovar alguma coisa em si mesma.

– Então não vai haver problema para ir à reunião de amanhã, Miriam? – O vô soltou a pergunta em um momento em que estavam todos calados, sorvendo a bebida quente.

– Problema algum, seu Tadeu. Trouxe o material de divulgação que nós costumamos usar. Está em uma pasta no carro.

– Eu iria com vocês. A pessoa com quem vocês vão se encontrar é um antigo amigo meu, mas infelizmente, estou cada dia mais parecido com o seu pai, pois venho amiúde me esconder nessa biblioteca e não quero mais colocar os pés para fora da casa. Todos os meus ossos ficam cada dia mais cansados.

– Que bom que o Daniel está aqui, não é? – Miriam disse, divertida, olhando para o meu duplo. – Sabia que faz bem lembrar que você nasceu aqui? Que tal ajudar um pouco? – Ela o provocou com facilidade.

– Podemos sair amanhã às nove? Você acha que consegue passar aqui em casa? Não vou poder levar o carro – o duplo disse.

Eles jogaram conversa fora mais um pouco antes de se despedirem. O meu duplo acompanhou Miriam para fora da biblioteca. O vô e Ruy (fora da tela) esperaram em silêncio. Quando o meu duplo voltou, o vô limpou a garganta e olhou para o chão. O duplo se aproximou da câmera de vídeo escondida e retirou o véu que encobria a lente e a puxou para mais perto de si. Ele se dirigiu a mim com uma voz dura que eu jamais diria ser igual à minha:

– Daniel, ninguém quer machucar a Miriam – ele se posicionou em frente à lente da câmera de forma que eu visse apenas o seu rosto. Ele deu uma piscadela para mim e entendi que aquilo servia apenas para ludibriar o vô. – Mas precisamos de certas garantias, se você me entende. Amanhã, você e Ruy devem partir para a casa de Alhambra Cazália para recuperar o totem perdido. Existe um poder grande demais e com controle nenhum aqui na Baía dos Lagartos e esse poder estará melhor em mãos comedidas. Por isso confiamos em você, Daniel – ele se levantou e voltou para a cadeira.

O vô seguia olhando para os pés. Eu o ouvi dizer claramente, "Me perdoe, meu filho", antes do fim da gravação.

Lurdes disse que eu não me preocupasse com a televisão e com o aparelho de videocassete, pois ela guardaria tudo. Eu estava livre para deixar meu cativeiro improvisado.

Eu descruzei as pernas e me levantei do chão e passei por ela em direção à escada, sem dizer nada. Minhas pernas tremiam um pouco. Quando saí na despensa, não havia ninguém. Saí à luz do que parecia ser um meio de tarde e caminhei trôpego de volta para casa. Eu ainda estava descalço e as pedras de argila que marcavam o caminho estavam mornas.

Ainda que a ameaça fosse falsa, estava claro que o vô esperava que eu não comentasse sobre o cativeiro com ninguém, nem fugisse do plano de reaver o lagarto, sob o risco de que Miriam sofresse algum mal nas mãos de outra pessoa, por ordem do vô. Aquilo me entristeceu mais que qualquer coisa até então.

Quando cheguei em casa, descobri que Ruy havia feito uma mudança completa do seu quarto de hotel para o nosso quarto de hóspedes. Ainda havia malas abertas, não totalmente esvaziadas, no chão da sala. Eu o vi passar da cozinha para a sala de jantar carregando um prato de torradas e um grande mapa aberto, sobre o qual ele corria o risco de pisar.

– Venha comer, Daniel – ele gritou de passagem pelo corredor.

Eu respondi a meia voz que não tinha fome, mas acho que ele não escutou. Entendi que ele seria o líder da nossa expedição no dia seguinte. Entrei na sala de jantar e o vi arrumando o mapa junto a um caderno repleto de anotações e várias cópias de páginas do diário do barão português cuja loucura deu início a toda essa confusão.

Satisfeito com a arrumação da mesa, Ruy sentou e olhou para mim e disse que o vô estava na biblioteca. Ruy sugeria, sem dizê-lo claramente, que eu não o procurasse.

– Por favor – ele disse, estendendo em minha direção o prato com as torradas – coma uma. Vai lhe fazer bem.

Eu me aproximei e peguei duas torradas e disse que ia dar uma volta na praia.

Saí pela porta dos fundos, atravessando a cozinha.

Caminhei até o deque na praia sem saber se pensava em alguma coisa. Minha mente consciente estava em outro lugar, estava em repouso muito longe de mim. O meu cérebro naquela hora exercia a função única de coordenar os meus membros para levar-me em segurança ao destino – era suficiente que eu não tropeçasse, nem saísse da trilha. Dois pássaros alçaram voo em algum lugar atrás de mim e cruzaram como um raio o gramado ao meu lado. Eu apressei o passo e logo estava sob a cobertura de ramos da trilha. Todos os sons se aproximaram de mim, o rumor das ondas quebrando na areia mais à frente, o atrito contínuo das folhas e galhos na floresta ao meu redor, que nunca estão parados, pois as árvores arfam como pessoas. Eu continuava descalço (estava há três dias descalço) e pisava a grama e a areia afundando os dedos dos pés, esperando que o solo me empurrasse direto para o mar. Quando cheguei ao deque, senti que era antinatural aquele solo nivelado e liso e não-maleável e caminhei um pouco mais rápido para chegar na areia. Quando cheguei na areia, eu desacelerei e dei uns poucos passos antes de parar. O grande mar azul continuava ali. Aquilo me pareceu condição suficiente para convencer-me de que o mundo ainda era um lugar coerente. O efeito de calma avassaladora que o mar sempre causou em mim se deve, em última análise, à combinação de como a visão e a audição o percebem. Há a extensão incomensurável do azul rumo a um horizonte finito, uma extensão do mundo com suas próprias regras de funcionamento, de beleza clemente ainda que não muito acolhedora, e há também a voz do mar, seu entoar descabido e monótono, repetindo sempre a mesma frase, eu estou aqui.

Fiquei muito tempo na praia. Entrei na água só com a roupa de baixo algumas vezes. Como o dia estava quente, eu me secava ao vento sem sentir muito frio. Em algum momento eu fiquei entediado e voltei para casa. Não importava muito o que aconteceria no dia seguinte, a minha vida depois disso já estava decidida.

BASILISCOS

A história de Ruy era ainda mais estranha que a minha. Somente depois que saí do porão ele me revelou todos os detalhes. Talvez por querer me distrair do tumulto de conflitos que o cativeiro fez ebulir em mim. Em verdade, durante aqueles três dias presos, em que mastiguei minha raiva em silêncio, não tive oportunidade para pensar em Ruy. Não era amigo, não era inimigo. Quando subi de volta à superfície e o encontrei a perambular pelos cômodos, tentando sem muito sucesso fingir que nada demais acontecera, tentando ocupar sem cerimônia uma posição de controle dentro da casa, uma vez que o vô desapareceu, não digo que fiquei grato que estivesse ali, tampouco achei que devia expulsá-lo.

Na noite do fim do cativeiro, ele bateu à porta do meu quarto enquanto eu me distraía com a televisão e contou mais partes da trama que o levara até a Baía dos Lagartos. Em qualquer outro momento de minha vida, eu teria achado tudo uma grande enrolação.

Ruy descobriu que o lagarto de duas cabeças havia sido adquirido por um comprador residente na Baía, mas a princípio achou que aquele fragmento de informação servia apenas para tomar um breve espaço de tempo de sua atenção, talvez fosse remoer aquilo por uns dias antes de esquecê-lo. Sabrina não ficou sabendo. Naquela época, ela compartilhava casos sobre o pai, ou os inventava na falta de relatos do próprio, inócuos e sem peso, que ela usava para abrandar ou estender o luto, conforme seu humor. Ruy não queria misturar a experiência que tivera com Munye, estritamente profissional, às divagações e reminiscências de Sabrina, muito menos dar a entender que havia pontas soltas referentes ao lado escuso do velho. Portanto, quando ele pediu a ela por um dos catálogos de obras de arte que Munye juntava, ela não achou que havia nada demais.

Ruy contou que uma noite ele recebeu um chamado.

Sabrina caiu no sono ao seu lado, com a televisão do quarto sintonizada em um noticiário de fim de noite e o volume muito baixinho. Ruy bocejou e virou mais uma folha do catálogo, pensando que não devia ter tomado aquela última xícara de café. O cambiamento de cenas na televisão pintava as paredes do quarto em tons elétricos de azul, verde, magenta, escurecia de repente e logo mais uma vez o carrossel de cores. Ruy desligou a televisão, mas manteve o abajur ao lado da cama aceso. Um domo impalpável de amarelo contra a penumbra do quarto.

Ruy abaixou os braços cansados de segurar o catálogo, soltando-os ao lado do corpo, o catálogo aberto sobre a barriga. Na parede à sua frente, a sombra de seus braços ainda segurava o livreto e continuava erguida à revelia. Por um instante, o susto impediu que o ar dos pulmões subisse à cabeça, saísse pela boca, circulasse. Os braços de sua sombra na parede continuavam levantados, enquanto seus braços de carne estavam abaixados. Como aquilo não fazia sentido algum, Ruy ergueu novamente o catálogo à primeira posição, com um filme delgado de suor frio aderindo à pele. Tremendo, ele abaixou os braços mais uma vez e confirmou que os braços da sombra continuaram levantados! Ele precisava decidir se ia desligar o abajur e dar um fim àquilo. O problema consistia em permitir que aquela assombração se desgrudasse da parede para se mover à vontade por um quarto escuro. Não houve movimento possível e ele permaneceu imóvel, com os olhos fixos na sombra.

Ela se movia. Os braços balançavam um pouco, como se inquietos por causa de uma coceira qualquer, faziam trocas muito discretas de posição. Quanto tempo aquilo durou? Transfixado pela visão absurda, uma sombra que se movia por vontade própria, Ruy sentiu sua consciência sugada, com lentidão violenta, para dentro de um buraco negro. O círculo de luz amarela projetado pelo abajur contra a parede cinza, a tela por trás da qual um ator maldito, impensável, fazia um jogo de sombras incitando-lhe à loucura – esse círculo de luz ocupou a mente inteira de Ruy. A sombra de um dos braços cansou-se e abaixou, levando consigo a sombra do catálogo. A sombra do outro braço permaneceu ali, o punho virado para o lado e o indicador apontando para a porta.

Ficar deitado era arriscar ficar à mercê da violência silenciosa daquela sombra na parede, então Ruy se levantou da cama, calçou os chinelos e foi até a porta, por onde entrava uma réstia de luz vinda da sala. Atravessou o corredor devagar e em silêncio, menos por medo do que ia encontrar na sala do que de acordar Sabrina. Passou pela mesa de jantar no escuro, uma lembrança vaga de que ainda estava no seu apartamento. A luz de teto na sala estava acesa, mas não havia ninguém ali. Um vago cheiro de madeira, misturado a pó. A luz era intensa demais para os seus olhos e ele perscrutou a sala de uma parede à outra com a mão na testa lhes protegendo do clarão. Uma noite muito quieta onde não se escutava um som da rua. Estava frio, ele caminhou devagar até a porta da varanda e a fechou. Temia virar para trás e ver alguém na porta do apartamento, mas ele viu o resto do apartamento inteiro refletido no vidro e não havia ninguém.

Colado à televisão havia um post-it vermelho com um recado numa letra que não era dele, nem de Sabrina. Um endereço, o desenho mal-feito de um lagarto com duas cabeças e a palavra "agora".

Ele saiu.

A vida à noite na cidade grande é apenas uma extensão do dia que a precedeu quando você pertence ao lugar onde está, ou aonde está indo, mas quando uma pessoa sai de casa escondido à noite, há muito pouco no receptáculo de narrativas congruentes que ela possa pescar para dar sentido ao que ela experiencia. Mesmo numa noite clara, move-se por um território de brumas. As ruas parecem erradas, construções familiares não estão onde deveriam estar, carros e passantes vieram de outro mundo. A noite é absoluta, não foi precedida por, nem dará lugar a outro tempo. Ruy se pegou lembrando de um conceito que vira em algum lugar. A cidade era apenas a ideia de uma cidade.

O motorista do táxi não fez caso do desenho sobre o post-it e o devolveu a Ruy dizendo "vamos lá".

"Puta merda", Ruy pensou. "Se Sabrina acordar, como eu explico? Nem eu sei o que estou fazendo." Ruy saiu de casa com o catálogo de obras de arte na mão, enrolado como um cano com o qual daria na cabeça de quem sugerisse que ele devia ficar em casa naquela noite. Era isso que os viciados em adrenalina sentiam quando partiam para pular de uma ponte amarrados em um elástico? A incapacidade de conter a excitação.

Ruy ficou sem graça de perguntar ao motorista aonde estavam indo, uma vez que foi ele quem deu o endereço do destino. Aquela viagem noturna se tornou uma fonte inesgotável de ansiedade. Depois de quarenta minutos, no entanto, ele se rendeu e ficou em paz com o fato de que sua ignorância sobre o destino era incontornável. Permitiu-se algo que não havia feito desde que entrou no banco de trás do carro, na esquina de sua casa, e recostou-se contra o assento.

Atravessavam alguma avenida larga, pontuada de semáforos. Ruy abriu a janela. Um vento frio afagou sua barba e pinicou seu rosto. Onde estavam? Passavam ao lado de uma grande zona arborizada e havia prédios ao longe. Ouviam apenas o barulho dos pneus rolando sobre o asfalto. Fora isso, a noite estava muito quieta.

— É gostoso dirigir à noite — disse o motorista. Até então, ele estava calado. Tampouco disse mais nada além disso.

Observando a noite vazia, Ruy achou milagroso que tanta gente combinasse um descanso no mesmo horário. Aquilo era um feito impressionante da sociedade. Em um exercício imaginativo ele sobrepôs a imagem de um engarrafamento matutino sobre a paisagem escura e desocupada que atravessavam. Quantas horas faltavam para o dia raiar? Preferiu não consultar o relógio. Pelo menos por enquanto, sua realidade era aquela noite insolúvel. Provavelmente duraria para sempre, provavelmente a sombra daquela mão com o dedo estirado havia lançado um feitiço sobre a noite de São Paulo. Ela tirou proveito do acordo coletivo pelo sono e enclausurou a todos enquanto dormiam. Uns poucos insones foram salvos do feitiço, mas pegos na trama da ideia de uma cidade vazia. Restava a eles adivinhar seu destino e mover-se com cautela, escolher aliados, respirar o ar da noite e ter cuidado para não irritar a sombra.

O táxi saiu da avenida principal e percorreu umas ruas pouco mais movimentadas. Restaurantes fechavam, os clientes retardatários conversando nas calçadas. Farmácias abertas com todas as luzes acesas. Prédios residenciais de alto padrão, com gramados bem cuidados e pistas de corrida nas calçadas. Quando o táxi parou na frente de um hotel de luxo, Ruy achou que o motorista havia cometido um engano.

Atravessou um saguão de pé direito alto. Poltronas arranjadas à sua esquerda e um restaurante fechado à sua direita. Elevadores ao fundo, emoldurados em mármore, o saguão distorcido em ondas e volutas douradas no reflexo de suas portas.

Dois funcionários do turno da noite, um deles ocupado em conversar com uma mulher alta e bem vestida, provavelmente uma hóspede. O funcionário de quem Ruy se aproximou já o mirava há muito. Tinha cabelos cacheados e abriu um sorriso mínimo. Esperou que Ruy falasse primeiro.

– Eu acho que alguém reservou um quarto para mim no hotel de vocês – ele disse. – Eu só não tenho certeza se estou no endereço correto.

– Você acha que pode estar reservado na unidade de Santo Amaro? Também podemos consultar com a unidade de lá, basta o senhor me informar o seu nome.

– Ruy Gill – ele disse, e soletrou nome e sobrenome.

A hóspede na outra ponta do balcão usava uma echarpe branca e o olhava de cima a baixo, tendo interrompido sua conversa com o outro funcionário da recepção. Ruy fez que não se importava que ela o olhasse, enquanto o rapaz de cabelos cacheados digitava algo no computador sob o balcão. O som das teclas lhe chegava suave ao ouvido como o deslizar de um lenço de seda sobre um piso encerado.

– Ruy – o rapaz disse –, não encontrei um quarto reservado no seu nome na nossa unidade, mas um de nossos hóspedes deixou um recado para o senhor. Ele disse que o espera e pediu que ligasse para o quarto dele quando estivesse aqui.

Aquilo era sério?

– Posso consultar a outra unidade e ver se o quarto do senhor foi reservado lá. Ou deseja ligar para o senhor Gusmão?

Agora os três o observavam. Gusmão, o antigo advogado do sr. Müller.

– Ligue para o quarto dele, por favor.

– Agora mesmo.

A senhora com a echarpe havia passado sombra demais ao redor dos olhos, quase como se quisesse ter pintado uma máscara no rosto. Ela tentou retomar sua conversa com o outro funcionário, sua fala quebrada tateando a lembrança escorregadia do assunto interrompido. O rapaz de cabelos cacheados falou em *staccato* ao telefone e desligou depois de poucas palavras.

– O senhor Gusmão vai descer em um minuto – com o mesmo sorriso mínimo, ele deixou claro para Ruy que havia chegado ao final das suas obrigações referentes a ele.

Ruy agradeceu e se afastou da recepção. Rente a uma pilastra, em frente ao restaurante, um segurança do hotel mantinha o olhar um palmo acima das cabeças dele e dos outros. Ruy consultou seu relógio: uma e quinze da manhã.

Gusmão surgiu das portas do elevador. Um homem corpulento, com um cabelo loiro, distribuído de forma esparsa sobre a cabeça. Estava usando uma bermuda de sarja e uma camisa azul-celeste com bordados no colarinho e nas mangas em preto e dourado. Ruy sentiu-se deslocado de repente, com seu jeans de alguns dias e sua polo de guerra. Ele caminhou em direção a Ruy sem um sorriso, mas com um gingado sem guarda que era o anúncio de uma aproximação amigável.

– Ruy! Tudo bem, meu caro?

O quarto do hotel em que Gusmão estava hospedado tinha uma sala de estar para entreter visitas e um balcão para refeições na outra ponta do cômodo. O papel de parede contava com formas geográficas aleatórias e coloridas espalhadas a esmo contra um fundo preto. Havia um sofá e uma poltrona.

– Sente-se que eu já volto – sem explicações.

Deixado sozinho, Ruy passou da aceitação à combatividade, como um animal cuja pele engrossa em um instante para virar casco. Era preciso erguer as defesas e lutar se necessário contra o que entrasse novamente naquela sala. No quarto ao lado, Gusmão estava ocupado com alguma coisa. Sons diferentes vinham do outro cômodo, portas de armário se abrindo, malas arrastadas, tampas se fechando. Ruy tirou o post-it vermelho do bolso e olhou para o desenho sinuoso do lagarto com as duas cabeças.

– Pronto, meu amigo – Gusmão entrou na sala com duas caixas de madeira nos braços e as colocou na mesa de centro. Ele sentou na poltrona. Ruy lhe mostrou o post-it vermelho.

– Essa letra é sua?

– Sim – o outro respondeu, sem ao menos olhar para o bilhete.

– O que é isso? – Ruy perguntou, sem referir-se às caixas, mas à situação.

O rosto de Gusmão estava despido do excesso de formalidade que comumente exibia. Ruy o percebeu íntimo, mais velho.

– O Müller me confiou uma coisa. Um artefato desses que ele colecionava. Eu supostamente deveria legá-lo a você, mas… – afastando e juntando os dedos em frente ao corpo. – Não posso ser leviano com isso, me entenda.

Ele se inclinou e mudou levemente o arranjo das duas caixas sobre a mesa de centro. As caixas eram de um marrom-escuro envelhecido, pareciam pesadas, tinham veios profundos. Em baixo relevo sobre a tampa, um jardim de rosas, de espinhos exagerados, e uma meia lua distante. A tinta preta dessa decoração, esmaecida com anos de manuseio.

– Na caixa da direita está o artefato que pertencia ao Müller e que é destinado a você, e na caixa da esquerda está um pequeno teste que eu preparei. Você pode abrir a caixa da esquerda, por favor, Ruy?

– Como você entrou na minha casa?

– Eu não entrei.

Ruy segurou o post-it vermelho na altura do rosto.

– Quem colou isso na televisão da minha sala?

– Por que você veio, Ruy? Você está aqui parecendo que está em uma delegacia. Se é essa linha que você vai seguir, então estava errado desde o início, vindo para cá – seu tom era o de alguém ofendido. Sua voz parecia diferente, como se ele usasse um registro reservado aos amigos. Tinha uma voz poderosa; costumava empregar certa hostilidade quando falava de negócios, mas agora tinha algo de lamurioso em sua fala.

– Eu só quero entender o que aconteceu.

– E eu estou dizendo que você está fazendo as perguntas erradas e que você ainda não percebeu onde você está. E isso me reforça a opinião de que o Müller cometeu um erro de julgamento – mais uma vez com os dedos unidos à frente do corpo, os olhos franzidos em reprovação.

– Olha, concorde comigo que a situação é estranha. É o meio da noite, invadiram a minha casa...

– O que te trouxe até aqui foi mesmo o bilhete, Ruy?

Ruy não podia responder, pois nem ele sabia o que o trouxera ali, ou talvez soubesse, mas a razão fora empurrada para trás da necessidade de se demandar uma segunda explicação.

– Vamos começar com calma – Gusmão respirou fundo e levantou-se da poltrona. – Aceita uma água? – Ele caminhou até o balcão e abriu o frigobar. Voltou com duas garrafas de água.

– O Müller foi muito importante na companhia onde trabalhou a vida inteira. Um dos fundadores o trouxe da Alemanha para o Brasil, antes do início da Segunda Guerra Mundial, então acho que ele sentia muita gratidão por isso. Ouvi se referirem a ele como um bólido. Cresceu na empresa. Quando eu o conheci, já era uma figura de referência – ele se interrompeu quando pareceu que ia contar um caso divertido. – Enfim, o Müller uma vez participou de uma empreitada junto a um dos filhos do chefe, um rapaz sonhador, meio fora de órbita, para falar a verdade. A empreitada era uma manufatura de brinquedos, ou algo que o valha. Para a minha surpresa, Müller estava realmente interessado no negócio. Faliu, eventualmente. Por uma série de razões o negócio não foi para a frente. Lembro de como Müller justificou para mim seu interesse naquilo. Ele me falou sobre autômatos. Os bonecos eram todos experimentais, eles tinham outra visão. Müller me dizia que havia um outro lado dessa vida, à espera pelo homem. O homem universal, não *um* homem. Os autômatos, no dia em que se tornassem concretos, seriam o passaporte do homem para essa outra vida.

Tudo muito metafísico – Gusmão pareceu rir consigo mesmo, ou era a iluminação tênue sobre seu rosto, Ruy não soube dizer. – Ninguém levou aquela conversa a sério. A bem da verdade, é possível que ele só tenha tido essa conversa comigo. Eu lembro que ele propôs um brinquedo voador. Ele tinha um desenho de punho próprio. Era um par de borboletas.

Gusmão olhou para as caixas sobre a mesa.

– Tem uma frase de um escritor argentino, Jorge Luis Borges, que diz, 'O animal está morto ou quase morto. Restam o homem e sua alma'. Quando Müller faleceu, ele deixou uma série de itens de sua coleção para outras pessoas. O artefato na caixa à sua esquerda, se eu não me engano, esteve com ele desde quando saiu da casa dos pais na Alemanha e veio para o Brasil. Por favor, Ruy, abra a caixa à sua esquerda.

Ruy abriu o fecho de metal na frente da caixa e ergueu a tampa. Acondicionado em veludo negro, dentro da caixa havia um artefato de forma indefinida. Gusmão o incentivou a tirar o objeto da caixa. Era feito de madeira e pintado de preto, um pouco maior que um punho fechado. Parecia a representação abstrata de uma letra do alfabeto. Visto por um ângulo, poderia ser um "H", mas visto por outro poderia ser um par de letras "X" que estendessem suas pernas em direções opostos, partindo do centro.

– São duas borboletas – Gusmão disse.

Aquilo fez sentido para Ruy, que girou e deitou o objeto em suas mãos de jeitos diferentes, avaliando peça. Eram duas borboletas unidas pelas patas. Quando se sabia o que era, surgia algo de agressivo na pose das duas.

– Você consegue separá-las? – Gusmão perguntou.

Ruy respondeu automaticamente que não, não tinha como. Elas não estavam coladas, eram uma peça só de madeira. Ele exerceu uma força mínima, em várias partes da escultura, mas concluiu que era impossível.

Gusmão pediu que Ruy deixasse a peça sobre a mesa. Ele o fez e descobriu que só conseguia deitá-la de enviesado.

A sala estava lotada de sombras, por baixo da mesa, coladas ao sofá, à poltrona, às paredes. As sombras de duas mãos surgiram sobre o tampo da mesa, vindas da beira oposta à posição de Gusmão e Ruy. As duas mãos circundaram a peça e pousaram sobre ela, ergueram-na poucos centímetros e a partiram em dois sem dificuldade alguma, devolvendo à mesa duas borboletas negras de madeira, apoiadas sem falha sobre patas pequenas. As sombras das duas mãos recuaram e desapareceram sobre a borda da mesa.

— Isto só pode ser um sonho — balbuciou Ruy.

— O item na caixa à direita é seu.

Dentro da segunda caixa, Ruy descobriu uma réplica do lagarto com duas cabeças que, em outra vida, ele vigiara a pedido de Munye/Müller. Havia apenas uma diferença. A peça à frente de Ruy era mesmo um lagarto com dois pescoços, mas um deles estava quebrado, era apenas um toco, de forma que o lagarto possuía apenas uma cabeça.

— Essas peças são como passagens entre mundos. O que você viu agora foi uma passagem aberta entre o nosso mundo e o mundo das sombras. Vou te contar duas coisas sobre passagens abertas, Ruy. Qual o propósito de uma passagem aberta e qual o risco. Quando alguém abre uma passagem, é porque quer liberar algum obstáculo em seu caminho, quer chegar ao outro lado da passagem. O importante é: quer *buscar* algo no outro lado. A pessoa tem um desejo e a passagem aberta realiza esse desejo. É isso que a passagem aberta faz, ela realiza um desejo. Abrir a passagem também apresenta um risco. O risco é que uma passagem aberta permite a passagem de qualquer um, qualquer coisa, pois ela está aberta para o mundo de cá e para o mundo da sombra. A pessoa que abriu a passagem não consegue vigiar os dois mundos, tampouco pode bloquear a passagem e só deixar passar o que ela quer. Não é assim que funciona, porque a pessoa que abre a passagem não tem esse poder, então, qualquer coisa pode passar. Especialmente o que não se deseja.

No dia seguinte, quando Ruy acordou, o mundo ainda se encontrava torto, como uma janela mal encaixada na esquadria. Ele acordou bem mais tarde que de costume. Sabrina já estava no trabalho. Se ela tomou conhecimento ou não de sua aventura noturna, ele só ficaria sabendo à noite, quando ela voltasse.

O lagarto quebrado, ele enrolou em uma flanela e o guardou em uma caixa de miscelâneas em que Sabrina geralmente não mexia. Da cadeia pouco convincente de cenas da noite anterior, ele se lembrava do pequeno baque com que a sombra depositou o par de borboletas sobre a mesa e de como ele estava tenso ao segurar o lagarto de madeira entre as mãos no táxi de volta. Ele se recusou a trazer consigo a caixa em que o lagarto estava guardado.

Enquanto tomava o seu café da manhã, a cabeça vazia tentando encontrar foco em algum lugar no jornal do dia aberto a sua frente, ele recebeu uma ligação do advogado.

— Está interessado em procurar por um meliante que está passando trotes para uma mulher da fina sociedade?

— Positivo.

— Então, anota o endereço. Tenta chegar lá o mais cedo possível, antes que ela mude de ideia.

O quadro nitidamente bélico o preparou para a pessoa que ia encontrar. Ocupava toda a extensão da parede para a qual Ruy olhava de onde estava sentado. Retratava um grande campo, com direito a cachorros e raposas e algumas casas camponesas ao fundo. No primeiro plano do quadro, em cada extremidade da paisagem, havia um exército. Os homens distinguidos entre si em hierarquias com base em suas vestimentas — essa era a hipótese de Ruy, dado que seu conhecimento em paramentos militares era nulo. Havia quem usasse placas de aço no peito, grevas e elmo e brandisse espada, havia quem usasse roupas mais leves. O colorido do quadro era profuso e havia dinamicidade em cada personagem retratado, estavam em movimento, lutando, acudindo, organizando, berrando. As flechas eram impressionantes. Uma saraivada havia sido disparada por um dos exércitos. Uma linha de arqueiros tinha os braços e arcos erguidos. As flechas foram pintadas em pleno voo, logo antes de alcançarem o ponto mais alto de sua trajetória. O pintor usara alguma técnica em que as flechas nunca paravam de se mover ao longo de um arco explícito sobre o céu azul.

O quadro parecia maior que a sala. Ruy sorveu um gole de seu café e mastigou uma das bolachinhas doces que lhe deram para suportar a espera. Uma funcionária da casa entrou na sala atrás dele, arrumou ou espanou algo e saiu. Ruy não conseguiu captar o que ela fez, sua nuca estava virada para o restante da sala. Foi a quarta ou quinta vez que alguém entrou na sala para fazer qualquer coisa e regressou em silêncio para outro cômodo. Ele desconfiou que o vigiassem. Quando escutou uma porta de correr diferente aberta atrás de si, ele resolveu se virar. Uma moça miúda toda em branco apareceu e andou em sua direção.

— A senhora pode lhe receber agora. Você vem comigo? — Ela o chamou com uma voz fina e juntou as mãos sobre a barriga. Seu sorriso, fino igual à voz, flutuou à sua frente. Uma pequena curva pintada como elogio no meio da sala que os englobava.

– A senhora Cisneros está na cama, mas ela costuma receber algumas pessoas dessa maneira, não precisa se acanhar.

Atravessaram um corredor ladeado por quadros bucólicos. Tons verdes e azuis abundavam nas paredes em painéis de madeira sóbrios. Os pisos de mármore claro refletiam generosamente as luzes brancas do teto. O corredor daquele apartamento era elegante e receptivo, mas tão impessoal quanto o corredor de um museu. Quando pararam à frente de um quarto branco e profundo e cruzaram o batente, entraram em uma zona de maior pressão atmosférica.

O quarto de pé direito altíssimo estava atulhado de banquetas e aparadores. Em algum canto havia uma entrada arqueada que certamente dava em um closet. Ruy não teve muito tempo para passear os olhos pelo quarto e pescar suas características. Próxima à porta estava a cama onde a senhora Cisneros repousava, sob um lençol de seda, e ela dominou a sua atenção. A cabeça apoiada contra uma pilha de travesseiros disparou um olhar severo contra Ruy, beirando o afrontoso, as sobrancelhas negras, finas, pintadas, tensionadas como a corda de um arco. O quarto cheirava a tangerinas.

– Pode sentar ao lado da cama, não se acanhe – a moça de branco o guiou pelo braço para uma poltrona. O toque de suas mãos no cotovelo de Ruy exercia menos pressão que o olhar da senhora Cisneros.

– Eu estou *incapacitada*, querido. Foi isso que a vida me trouxe: anos de trabalho duro, fiz muitos sacrifícios e agora estou incapacitada em uma cama. Não é de morrer? – Sua voz era seca e estridente. Ruy surpreendeu-se quando ela estirou a mão para fora da cama e a pousou em seu braço.

– Os quadros vão sobreviver depois de mim. Você teve a chance de vê-los aqui no apartamento. Eu tenho muitos. A maioria é europeia e não me restringi à minha Espanha. Vieram os ingleses e os holandeses também. Algo em admirar um quadro, algo em entendê-lo, até mesmo o ato da compra é como um bálsamo. Toda minha vida fui assim. Se eu trabalhava demais, um quadro me confortava, renovava as minhas energias. É o enredo, a história que o quadro conta, um rastro do pensamento do artista na tinta. Em momentos de dificuldade, eu encontrava a resposta em uma pintura. Não fui muito afeita aos abstratos, Deus sabe o porquê, mas não vou falar sobre isso agora.

"Quando me convidaram para participar na sociedade de uma galeria, eu não hesitei em aceitar o convite. E essa foi só a primeira.

Eu fui a sócia em três. Duas fora de São Paulo, uma em Porto Alegre e uma em Vitória. Eu não entrava apenas com o *argent*. Eu costumava dar minhas opiniões na curadoria e sempre me escutavam. Quem olha para mim sabe que eu tenho bom gosto. Eu sabia escolher o que deveria ser exposto. Um apreciador certa vez, um homem vulgar, me descreveu como um sifão. Achei divertido. Faça você o que quiser dessa imagem. Hoje, querido, eu não posso visitar nenhuma galeria, não viajo, não vou a museu nenhum. Não é de morrer? Não saio dessa prisão de penas de ganso" – levantou o braço com que agarrava Ruy e fez um gesto débil no ar. – "Pois bem, os tempos são outros... as galerias eram o meu hobby, eram um negócio à parte porque meu marido, graças a Deus, nunca demonstrou interesse, ele ficou com os negócios dele e eu fiquei com os meus. Agora é ele e Deus, querido. Não, por favor, me poupe dos seus sentimentos, não se atreva. Eu hoje também não faço parte de negócio nenhum, não tenho mais o entusiasmo."

Ela soltou o braço de Ruy e alcançou um copo alto com água e um canudo de vidro. Ela tomou um gole apenas simbólico.

– Pois bem, um dia eu quis abrir a minha própria galeria aqui em São Paulo. Um negócio pequeno. Pequeno mesmo. Mas especializado e de bom gosto. Eu escolhi abrir essa nova galeria em Santos, eu notei que a cidade não tinha nenhuma, seria até mesmo uma benesse. Foi a localização que colocou tudo a perder? Não posso afirmar isso com certeza, não posso mesmo, foi uma variedade de condições que fizeram o negócio falir e eu não me eximo de ter sido uma dessas condições. Arrependimento mesmo foi ter colocado meu pobre filho para gerir a galeria. Se eu tenho um arrependimento nessa vida foi ter colocado o Guto naquele ponto. Na verdade, tenho muitos arrependimentos, mas esse é o maior. Sabe, querido, meu filho sumiu depois disso, depois que a galeria, finalmente, faliu. Acho que todos esperavam por isso, menos eu. Meu marido era da opinião de que o próprio Guto esperava por isso.

Ela parou de falar por um instante. Lentamente desviou o olhar de Ruy e perdeu-se em memórias a um palmo do rosto. Suas bochechas ameaçavam ora um esgar, ora uma risada. Quando suas feições retomaram a placidez de antes, ele voltou a falar:

– É por isso que você está aqui. Ele sumiu por causa daquela galeria, algo que aconteceu em Santos com ele. Eu não sei o que aconteceu. Eu dei a ele liberdade para guiar o negócio e a sua própria vida.

Ele precisava daquela liberdade, eu e o pai sabíamos, ele era tão infeliz aqui. A gente não disse isso a ele, claro. E ele tinha gosto artístico. Por que tudo desandou, por que ele sumiu? Isso faz anos. É um arrependimento que eu tenho nessa vida, mas me recuso a levar para a próxima.

A senhora Cisneros deu mais um apertão no braço de Ruy, diminuiu a voz e acrescentou como adendo que ouvira que Guto se envolvera com drogas em Santos, mas que aquilo não era importante. Ela recolheu o braço e abanou a mão na frente do rosto como se espantasse uma mosca e repetiu que eram apenas boatos sem importância.

— Minha querida, que horas são?

— Quatro e quarenta oito, dona Arlete — a moça de branco estava sentada em um banquinho junto à porta.

— Essa moça é minha enfermeira, querido. Ela vem às terças e quintas, uma outra vem às segundas, quartas e sextas, e uma outra no final de semana. São todas anjos dourados em minha vida.

— O senhor Gusmão me falou tudo sobre a senhora, só elogios, fique certa, mas sobre o trabalho em questão, ele me revelou um pedido diferente. Não sabia sobre seu filho. Ele está desaparecido?

— Não. Eu não sei onde meu filho está, mas seu trabalho é outro. — Ela remoeu as próximas palavras dentro da boca antes de cuspi-las. — Você tem que encontrar o maldito que está me infernizando com ligações telefônicas absurdas sobre meu filho e fazê-lo parar. — Encarou-o com urgência. — Ele deve estar atrás de dinheiro.

— Alguém está ligando para a senhora? Como num trote?

— Não. São ameaças, invectivas. Não é um trote, é um acinte.

Ruy se virou para a enfermeira no banquinho:

— Você já atendeu alguma dessas ligações?

— Sim. Mas nós passamos todas as ligações para dona Arlete.

— Não é horrível, querida?

A enfermeira anuiu, mas não ofereceu mais que isso.

— Ele liga nesse horário, você vai ter a chance de ouvi-lo — dona Cisneros olhava para além de Ruy, esperando alguém aparecer na porta. — A pessoa que liga geralmente me faz uma pergunta, veja, às vezes mais de uma, imagino que quando tem paciência para tanto. E são sobre o meu filho. O que essa pessoa quer dar a entender é que eu não conheço o meu filho. Quando eu disse ameaça, eu estava exagerando. Às vezes a pessoa levanta a voz, mas em geral é comedida.

Mas você entende como é uma afronta a uma mãe. Atormentar-me por uma falta do passado e insistir na ideia absurda de que eu não conheço o meu filho, que eu nunca o conheci. Que eu, como mãe, falhei. É insuportável que isso continue. É insuportável que eu morra e essa situação se prolongue.

A enfermeira surgiu do meu lado com um copo d'água e um comprimido em sua mão em concha. A senhora Cisneros apanhou o comprimido com dedos artríticos, ergueu langorosa sua cabeça e ofereceu os lábios ao copo que a enfermeira entornava com cuidado. Com a mão livre a enfermeira apoiou a cabeça da idosa até ela se deitar novamente sobre os travesseiros. Ruy testemunhou o que era um passo numa cadeia de atos monótonos e idênticos repetidos à exaustão naquele apartamento, vislumbrou como uma pessoa podia se tornar tão indefesa no fim de sua vida.

– Eu realmente não sei a resposta para as perguntas – continuou a senhora Cisneros, quando se sentiu recomposta. – São perguntas abstrusas.

Um silêncio perdurou no quarto até o telefone tocar. Uma, duas vezes. A enfermeira se levantou e tirou o aparelho sem fio do gancho, sem atendê-lo, e deixou-o nas mãos de Ruy.

– Vou esperar lá fora – ela disse antes de se retirar.

– Atenda, querido.

Ruy atendeu à chamada. A pessoa no outro lado da linha ficou calada, talvez porque não esperasse que a voz de um homem tivesse atendido ao telefone, mas o silêncio não durou muito.

– Hoje, eu tenho a seguinte pergunta, se a senhora souber responder depois de tantos anos – a voz era quase irritante, tinha um tom qualquer de provocação. Ruy pensou ter flagrado a pessoa em nervosismo, tendo negligenciado em trocar o pronome de tratamento. Talvez estivesse lendo de um texto escrito. – Em 2 de outubro de 1989, o seu filho pegou um ônibus de Santos para um inferninho em Praia Grande, para tratar com cafetões. A senhora sabe o horário do ônibus? A senhora alguma vez na vida soube para onde seu filho estava indo?

– Dona Cisneros não pode atender o telefone agora, mas ela pediu que eu falasse com o senhor. Meu nome é Ruy…

– No dia 3 de janeiro de 1992 – virando a folha em um caderno – o filho dela comprou uma passagem de avião de São Paulo para Berlim na primeira classe, seria um novo começo para ele. Você sabe se ele embarcou no avião?

– Ele embarcou – respondeu a primeira coisa que lhe veio à mente.

A pessoa do outro lado da linha desligou o telefone. A senhora Cisneros acompanhava a ligação com as sobrancelhas tensionadas.

– Eu acho que é o filho quem está ligando e ela não quis admitir – Sabrina falou, antes de engolir mais um pedaço de pizza. Haviam passado algumas horas desde a visita de Ruy ao apartamento da senhora Cisneros. Era o começo de uma noite fresca e os dois comiam uma pizza de cogumelos, bebendo chá gelado com sabor de pêssego.

Quando Ruy chegou em casa, releu algumas vezes a ficha da cliente preparada pelo advogado, na esperança de encontrar um primeiro passo na investigação, mas não teve sucesso. A ficha se limitava a esclarecer como a senhora Cisneros e o falecido esposo conseguiram juntar uma fortuna relevante e listar as diversas ocupações da cliente antes que uma série de crises nervosas e uma queda que lhe custou o quadril a tornassem uma reclusa que mal deixava a cama. Ruy queria entender melhor a relação entre o casal e o filho. A ficha mencionava alguns processos civis e dois ou três subornos para manter Guto fora da prisão. Passou pelos colégios mais prestigiados da capital e formou-se em administração por uma faculdade particular, mas depois disso engatou uma série de fracassos profissionais, colocando-se de pé novamente com o patrocínio dos pais, que o consideravam uma dor de cabeça. Ruy estava considerando a hipótese de que algum dos agiotas a quem o filho devia dinheiro antes de sumir estivesse ligando para a senhora Cisneros, antes de Sabrina lhe sugerir aquela nova ideia.

– O filho? – Ruy tentou absorver aquela sugestão. Espetou um pedaço de pizza e levou-o à boca, mastigando lentamente.

– Pelo que você me disse, é um delinquente rico e mimado e agora culpa os pais por suas merdas. Meu Deus, que gente idiota – Sabrina pareceu a Ruy bem indignada com a situação de Guto e da senhora Cisneros. – Pelo que você me contou, a pessoa que liga nunca faz ameaças, fica só nesse jogo de pergunta e resposta, querendo fazer a mãe se sentir culpada. Essa é a forma dele descontar a frustração nos pais, está atormentando a mãe com trotes telefônicos. Um homem crescido agindo como um adolescente. Ela, obviamente, sabe que é o filho quem está ligando, mas estava com vergonha de lhe dizer isso.

– O número que liga é de Campos do Jordão – Ruy pensou em voz alta. – Não deve ser difícil descobrir alguma coisa a partir daí. Descubro quais de seus amigos moram por aquelas bandas e vou lá fazer umas perguntas. Alguém sabe onde ele está, alguém fala – Ruy se animou.

– Não é só ele, sabia? É um problema com esse povo que acha que o mundo inteiro foi concebido pelos pais, do mesmo jeito que eles foram. Que ódio. Sabe o caso em que estou trabalhando no escritório? A gente está com o mesmo problema. Toda a estratégia da nossa defesa daquele psicopata está baseada no fato de que ele teve uma criação problemática em casa.

Há alguns meses o escritório de Sabrina assumiu a defesa de um criminoso violento, um homem que matou de forma cruel pelo menos três pessoas; havia uma quarta pessoa desaparecida, envolvida com o réu e com as vítimas, de quem a polícia ainda não sabia o paradeiro. O caso se arrastava há meses. Por um lado, o réu e seus advogados tentavam conseguir para ele um julgamento mais ameno e uma pena menos dura, por outro lado a promotoria tentava negociar com a defesa que o réu falasse qualquer coisa sobre o desaparecido, e o réu custava a oferecer qualquer informação além do que já fora descoberto até então pela polícia.

Coube a Sabrina a dificílima tarefa de montar uma narrativa para as evidências que fosse diferente daquela que a acusação usava, algo menos deprimente, que pintasse o réu menos como um monstro, mais como um homem falho. Coube a Sabrina revisar exaustivamente as fotos e os relatórios forenses da polícia. Há meses ela estava mergulhada em desumanidade descrita em verborragia clínica – por trás das apresentações minuciosas e dos enquadramentos frios da violência, ela avistava o fundo obscuro de um oceano e não conseguia deixar de enxergar a forma submergida do réu, apodrecida e inchada. Era aquela massa disforme que ela devia trazer à superfície e embelezar? Havia pelo menos três pedras tumulares amarradas ao calcanhar da criatura torpe. E se ela não resistisse ao peso e afundasse também? Seria possível sobreviver ao lado da criatura? Sabrina acreditava que deviam drenar o oceano e matar a criatura, mas era paga para fazer o contrário. Ela teve a chance de participar de algumas das entrevistas com o réu na prisão, mas conseguiu recusar o convite em todas as oportunidades.

Sabrina fechou o jantar contando uma fofoca inofensiva do escritório. Saciados, foram assistir à televisão no sofá. Sabrina estava inquieta durante o filme. Pegou o bloco de post-its vermelhos ao lado do telefone e fez diversas anotações, colando os post-its destacados um sobre o outro na mesa de canto. O filme terminou. Sabrina foi deitar e Ruy permaneceu na sala para ler mais uma vez a ficha de dona Cisneros à luz do que Sabrina havia sugerido. Sabendo que não devia, preparou uma xícara de café preto. Costume noturno que vinha acalentando nos últimos dias, a despeito de que lhe custasse uma má noite de sono.

Quando a chamada de um filme de roubo a banco lhe interessou na televisão, deixou a ficha de lado. A meio caminho da película, por curiosidade, fuçou os post-its deixados por Sabrina ao lado do telefone. Ela os colara com cuidado de forma que ele podia virá-los como páginas em um bloco de anotações. Com sua letra cuidadosa, ela escrevera: "foto apartamento um", "foto banco traseiro carro vítima dois", "posologia vítima dois", "cabelos vítima dois", "contrato aluguel vítima três", e assim por diante. No primeiro post-it do conjunto estava escrito o nome do réu.

Ruy pensou na criatura apodrecida no fundo mar. Em como, talvez, uma linha de pesca apertada ao redor de seu pescoço cortaria a carne frágil até o osso. Antes de ir dormir, sem admitir muito bem para si as razões pelas quais estava fazendo aquilo, Ruy depositou o lagarto de madeira com uma das cabeças quebrada sobre a pilha de post-its vermelhos ao lado do telefone.

Ao caminhar da sala para o quarto no silêncio escuro da madrugada, sentiu mais uma vez desprender-se do dia que o precedera, caminhava em brumas, dentro de uma bolha onde o mundo do lado de fora era apenas uma história contada num livro. Parou à beira da cama para olhar como Sabrina dormia. Suas feições relaxadas e a respiração regular lhe davam um aspecto de vulnerável. Como o sono e o tardar da noite impediam que ele se repreendesse pelo que acabara de fazer em relação ao lagarto, dormiu satisfeito, embalado pelas sombras no apartamento.

Os dias seguintes fluíram dentro do esquecimento da mensagem postada à sombra. Ruy correu atrás de quem soubesse onde Guto Cisneros estava escondido em Campos do Jordão e Sabrina continuou indo e vindo do escritório sem conseguir tirar seu trabalho da cabeça. Quando ele a observava com seus papéis espalhados sobre a mesa de jantar algumas noites, ela estava geralmente em um de dois estados: desolação ou sanha.

Um dia o réu no caso infame de Sabrina foi encontrado morto em sua cela. Todos acharam que ele havia se matado, pois foi encontrado com a garganta cortada ao lado de uma navalha com as suas digitais no cabo. Não descobriram como ele levou a navalha para a cela e ninguém perdeu muito tempo com isso.

Ruy e Sabrina combinaram uma viagem juntos.

Ruy descobriu onde Guto Cisneros estava morando em Campos do Jordão, graças a um ex-colega de faculdade do rapaz que não aguentava mais acobertar o comportamento errático do amigo e contou a Ruy onde o encontrar. Ele e Sabrina reservaram um quarto de hotel na cidade e alugaram um carro para a viagem.

Sabrina ficava no quarto lendo um livro ou passeava pela cidade enquanto Ruy sondava as imediações do endereço de Guto. Em pouco tempo, conseguiu uma confirmação visual de que ele morava ali. Ele avisou o advogado. Este pediu que ficasse de olho no prédio, para o caso de Guto decidir mudar-se de repente, enquanto comunicava o paradeiro do filho à senhora Cisneros e combinavam qual seria o próximo passo. Em nenhum momento a mãe mencionou junto ao advogado que o homem dos trotes era seu filho, mas respondeu seca e afirmativamente quando questionada se o caso poderia ser encerrado com a localização do mesmo.

O prédio ficava afastado do centro turístico de Campos do Jordão. Construção moderna, destacava-se das casas tradicionais de arquitetura alemã perfiladas a seu lado. Guto não saía muito às ruas e tinha pressa quando o fazia. Ruy o observava por trás das janelas de uma padaria próxima.

Quando Gusmão anunciou que o caso estava encerrado, Ruy juntou-se a Sabrina nos passeios.

– Quanto você ganhou com esse trabalho? – Sabrina perguntou.

Ruy falou uma cifra.

– É bom, mas ainda não é o suficiente para eu deixar meu emprego.

– Você estava pensando em se demitir? Não sabia.

– Só passou pela minha cabeça – ela respondeu, com um sorriso que dizia: tenho coisas demais em que penso em minha cabeça, se você for bonzinho eu talvez te conte a maioria delas.

Estavam sentados na beira de um jardim em uma praça. Era um dia de semana, as férias escolares ainda não tinham chegado, e as ruas de Campos do Jordão não fervilhavam de gente como acontecia na alta temporada. As pessoas exibiam um bom ânimo, aproveitando o bom tempo de sol. Ruy e Sabrina tomavam um café cada, com uma cesta de pães de queijo no meio da mesa, e dividiam uma fatia de torta de merengue.

– Sabe – Sabrina começou –, depois de certa idade, não são muitos os momentos em que você enxerga uma oportunidade de um novo início, em que você se permite começar de novo. Será que estou em um desses momentos ou estou apenas aliviada porque terminei aquele caso horrível? Não há, na verdade, um novo começo. Tudo continua igual, o mesmo emprego de antes, não nos mudamos há anos, não temos filhos, mas por que parece que mudei a faixa em uma fita?

Ruy esperou que ela continuasse.

– O gozo da vida nova. Primeiro, você está deixando sua vida passada para trás. Todo mundo tem algo de que se arrepende no passado, ou algum desgosto; ao recomeçar, seu direito de esquecer o passado é inalienável. Pronto, ficou para trás. Outra, uma vida nova é uma folha em branco, algo como o vazio de que os budistas falam. Cabe a você preencher o vazio com coisas novas. Sem amarras.

O sol de fim da manhã recrudescia e a parte iluminada do tampo de alumínio da mesa brilhava em contraste com a porção sombreada pelo guarda-sol. Sabrina olhava para a rua, para os passantes, para além deles, tentando capturar no ar de Campos do Jordão aquela coisa nova de que falava momentos atrás.

Algo chamou a atenção de Ruy, um movimento sobre a mesa. Da borda arqueada da sombra do guarda-sol sobre a mesa brotou algo. Dedos, depois, uma mão inteira. A sombra da mão esticou-se para fora de seus limites, presa à ponta de um braço incorpóreo. Movia-se devagar. Sabrina não notou quando a sombra arrastou a faca que estava ao lado do prato de merengue em sua direção, girando-a como a agulha de uma bússola, de forma que apontasse para o seu peito. Ruy soltou o ar que prendia no peito, em um movimento brusco, que derrubou sua xícara de café, agarrou a faca. O barulho fez Sabrina deixar seu devaneio. Virou-se para ele. Não estava assustada, apenas sorria.

Ficaram mais dois dias em Campos do Jordão, caminhando pela cidade, bebendo vinho. Ruy fez o melhor que pôde para simular contentamento durante a viagem.

O mar. Ele jamais confiaria no mar. Não era apenas que em trinta e dois anos de vida ele e o mar quase não travaram conhecimento, que sempre haviam se mantido distantes, separados por serras, estados inteiros até, e quilômetros de estrada. Agora, os separavam apenas uma vidraça e uma pequena extensão de mato. Surgia por trás de uma linha de arbustos baixinhos a massa cinzenta de águas como um muro contra a depuração do horizonte, o limite do mundo visível, a partir desse ponto enxergarás somente a mim. Ruy julgou que o mar era indiferente ao homem, ponderou sem muito interesse sobre relatos de violência do mar. Sentiu-se confortável com essa certeza, não confiaria no mar.

O aposento cálido em que esperava pelo regresso de Gusmão junto ao dono da casa era uma sala ampla em terracota. Sofás terrosos, mesas baixas, um bar móvel, um aparelho de som e uma série de estantes de livros. A sala era bastante silenciosa e possuía o vago cheiro floral de desinfetante. O som do mar não alcançava a sala. Às vezes lhe chegava um estalo vindo de algum lugar dentro da casa, ou o ranger de uma tábua, como se alguém, em algum cômodo, tivesse pisado mais forte que o necessário.

Não vira ninguém ainda. Gusmão possuía uma chave para a porta da frente. Ele deixou Ruy esperando e disse que ia buscar o dono da casa.

Ruy caminhou entre os sofás, sentindo o ar rarefeito daquela sala. Um bolsão de placidez que fora esvaziado de sentido no meio do espaço litorâneo, preenchido com cimento, madeira, tapetes e sofás em terracota e embalados a vácuo contra os sons do mundo externo. Ele percebeu como seu apartamento em São Paulo era barulhento, um barulho que brotava da urbe ao redor e permeava a consciência, de forma a se tornar indistinto dos rumores do pensar, do respirar. Aqui, ao contrário, o pensar estava sozinho. Cada novo pensamento era uma visita que entrava sozinha pela porta da sala.

Para ter alguma coisa para fazer, Ruy investigou as lombadas dos livros na estante. Pensou ter identificado o francês e o alemão, além do português, e talvez houvesse mais algum outro idioma. Eram livros sobre história ou arte, em geral. Ruy notou o nome do dono da casa na lombada de um dos livros, uma brochura muito fina com capa branca e com o título "A sombra do duplo". Ele folheou ao acaso até chegar na página marcada pelo fitilho:

"… o duplo não pode ser nada além de artificial, um ardil. Se o homem não confia no homem, o homem não pode confiar no invento do homem. Retratadas, pois, na cultura há tempos, as figuras duplas podem ser reconhecidas como um medo basal do homem pela perda do controle. O duplo de si, por outro lado, é menos temido. Eles são como as figuras duplas, mas são iguais a nós. Acreditamos que elas, ao contrário, têm controle de si mesmas, ou, ao menos, responderão inevitavelmente ao nosso."

Ruy fechou o livro quando percebeu que seu anfitrião se aproximava. Lúcio Carneiro, investidor e empresário, apoiava-se em uma bengala, com Gusmão seguindo em seu encalço.

– Vou pedir o seu endereço para que eu possa lhe enviar um exemplar – o homem disse.

Os três se sentaram em uma parte da sala onde o piso era rebaixado. Com cabelos brancos levemente despenteados, Lúcio tinha um rosto vivaz, rechonchudo e sulcado por rugas. Gusmão sentou-se despojado ao seu lado, com uma perna cruzada sobre a outra e um braço esticado sobre o encosto do sofá. Ruy sentou-se no sofá oposto e se deu conta de que ainda segurava o livro.

– Lúcio – o advogado disse –, Ruy estava me perguntando no caminho até aqui sobre maldições.

– Ah! Um crédulo. Você sabe – se dirigindo a Ruy – por que eu escrevi esse livro que você estava lendo antes?

– Por favor, me conte.

– Eu escrevi esse livro há vinte e cinco ou vinte e seis anos. A data agora vai me escapar. – Sua voz era rouca, mas seus velhos pulmões pareciam ter o fôlego de um locutor. – Eu escrevi esse livro em um momento em que não estava muito atarefado com as atividades da minha empresa. Eu tive essa inspiração de produzir um livro. E eu sabia desde o início que seria sobre o lugar em que eu morava. Seria sobre essa cidade, São Jorge. Ou, melhor dizendo, São Jorge me daria o tema do livro, porque o livro não é, em si, sobre a cidade. Existe uma lenda, sobre um barão português que construiu sua casa bem aqui, no meio da mata atlântica, próximo ao povoado de São Jorge, que na época era só um povoado. E dizem que o barão enlouqueceu, no meio da floresta. Enlouqueceu e levou sua família de volta para Portugal. Ele demoliu a casa e vendeu o terreno. Os adquirentes foram os responsáveis por promover o crescimento da região. Antes, havia só o povoado e a floresta. E por que o barão enlouqueceu? O que aconteceu com ele no meio da mata atlântica? A lenda diz que o barão encontrou uma pessoa igual a si na floresta e que esse duplo demandou dele sua fortuna, sua casa, seu dinheiro, seu título, sua família. Ninguém viu esse outro homem. Mas o barão foi adamantino em seu testemunho, punha-se em rinha com quem o desmentisse, não admitia o desgosto de ter de se desdizer. Afastou-se dos seus e de quem era, ou devia ser. Vieram médicos de Portugal que o aconselharam que deixasse para trás essa terra, que voltasse com os seus para a terra natal. Bom, na lenda falam que o duplo do barão era a sua consciência amarga. O duplo foi o mote para esse livrinho em suas mãos.

– Lúcio, Ruy está aqui na qualidade de investigador particular, que eu estou contratando, para nós darmos uma olhada melhor naquele caso de que o senhor me falou. Os diários do português.

– Sim. Ouvi de alguém na faculdade. Alguém comprou os diários reais do barão.

– Além disso, Ruy é genro do sr. Müller e quer dar um desfecho a um assunto que ficou pendente com seu falecimento. – Lúcio balançou a cabeça em aprovação. – Ruy, eu vou te colocar em contato com uma pessoa aqui de São Jorge, na verdade, do distrito mais adiante, Baía dos Lagartos, e você vai se apresentar assim como você é, um investigador particular. Mas você não vai dizer que está trabalhando para mim. Você vai oferecer seus serviços a esse homem, Tadeu Nogueira, sendo você uma indicação do Lúcio, não minha. Você vai fingir que está ouvindo a história de Tadeu pela primeira vez. Você vai ajudá-lo numa investigação sobre os diários do português. Mas, na verdade, seu intuito é recuperar o segundo lagarto bicéfalo de madeira com os olhos de obsidiana. Você tem a pista do comprador e agora vai ter o auxílio desses diários. Você recupera o lagarto e o traz para nós, que tal. Esconda-o desse homem. Ele vai apenas te ajudar a encontrá-lo, enquanto pensa que é você quem o ajuda.

Ruy descobriu que o plano de um homem esconde o plano de outro homem que esconde o plano de outro homem. Gusmão o encarava com alguma ansiedade e o homem ao seu lado olhava para algum ponto no teto da sala, parecendo muito satisfeito com o que acabara de ouvir, suas mãos descoloridas sobre os joelhos. Ruy se lembrou do sr. Munye no leito de morte, apontando fracamente para um último objetivo em vida. Ruy pensou em Sabrina sozinha no apartamento de São Paulo e na sombra que ele pensou ter visto em Campos do Jordão e um sentimento de impotência se abateu sobre ele. Não havia opção além de aceitar que o que lhe era delineado pelos outros era o caminho a ser seguido. No fundo de sua mente, no entanto, ainda incipiente, algo se remexia no sono. Algo ao qual ele só foi dar sentido muitos meses depois. Ruy me contou que ele precisava destruir os dois lagartos.

ORBE ESCURA EM CHAMAS

Quando Ruy bateu na porta do meu quarto no dia seguinte, eu já estava acordado. Descemos juntos para tomar o café da manhã. Pelo desarranjo da mesa, percebi que foi ele quem preparou a refeição. Não perguntei por Lurdes. Comemos bem, alguns ovos mexidos dentro do pão branco e umas frutas que ainda estavam frescas. Ele também havia feito café. Comemos em silêncio. Quando estávamos satisfeitos, ele me pediu desculpas.

— Sinto muito pelo que você teve que passar, Daniel — ele deixou as palavras flutuarem por um tempo sobre a mesa. — Aquele médico, Almeida, parece ter um interesse grande no caso da Baía dos Lagartos. Ouvi ele e seu avô conversando juntos. Eles não confiaram demais em mim, portanto apenas participei de poucas conversas. Eles acham que sabem o que está acontecendo aqui e eles acham que sabem o que precisa ser feito para lucrar em cima disso, mas, confie em mim, Daniel, eles não sabem.

"Eu conheci o seu duplo e o duplo de Miriam Matias. Eles me visitaram no hotel, acredita? Eu não sabia que eles tinham esse tipo de *alcance*, para se manifestarem tão longe da floresta. Eles me deram um baita susto. Eu estava entrando no quarto e os vi sentados na cama. Acho que foi o sorriso do duplo de Miriam que me desarmou. Eu hesitei, mas entrei no quarto e nós conversamos. Eles bolaram o plano e precisavam de mim dentro do esquema, para ajudar convencer o seu avô. O seu duplo ficaria responsável por vigiar a Miriam verdadeira. A gente precisava convencer o seu avô de que era seguro tirá-lo do porão, que ele tinha algum controle sobre você quando solto. Ele estava muito nervoso. Eu penso que ele estava mais preocupado com as consequências do que havia feito, do que com o bem-estar do neto. O que ele fez com você foi cárcere privado. Ele estava certo de que você iria até a polícia.

— Se esses fantasmas conseguem se materializar onde eles bem entendem, por que não apareceram para destrancar a porta do porão? — Eu sentia um descontentamento geral com aquela história, principalmente porque girava em torno de uma vítima indefesa e a vítima era eu.

— Eles não têm força sobre-humana. Eles não iriam conseguir arrombar aquela porta. E como eles a destrancariam? Seu avô tinha a única chave e não saía do seu pescoço.

– O que a gente faz agora? Qual o plano?

– É simples: o seu avô e o médico querem roubar o lagarto para eles. Existe certa crença, que eu não pude verificar, de que eles conseguirão algum controle sobre a mortalidade quando estiverem de posse do totem. Eu e você vamos sair hoje com a missão clara de recuperar o lagarto para eles. Isso é o que seu avô pensa. Nós vamos até lá para destruí-lo.

Perguntei-me se teria alguém nos escutando, mas Ruy agia como se estivesse certo de que estávamos seguros para conversar livremente e eu decidi confiar nele.

– Você sabe como fazer isso?

– Sei, mas preciso de sua ajuda.

– Aliás, por que eu preciso tomar parte disso?

– Você confiaria em qualquer um para seguir com uma missão dessas? O primeiro a abrir a boca iria atrair um escândalo ou uma catástrofe. Quem não viria correndo até a Baía dos Lagartos?

Comemos tudo que estava na mesa. Eu me servi de um pouco mais do café que restava na garrafa térmica.

– Nunca parti em uma missão antes – eu disse, tentando ser irônico, sem sucesso. – Preciso levar alguma coisa?

– Não vai ser necessário. Só vista alguma coisa leve, caso precise correr – ele achou aquilo divertido.

Depois de me trocar, eu o esperei por algum tempo na sala. Ele apareceu carregando uma sacola esportiva jogada sobre o ombro.

Vi que o carro do vô não estava na garagem, mas no lugar dele havia um carro esporte estacionado. Ruy disse que havia alugado o carro na cidade e que aquele seria o nosso transporte.

Pegamos a estrada.

Eu e o vô sempre tivemos condições financeiras para fazer o contrário, mas mesmo assim nunca viajamos. O vô sempre foi muito receoso em deixar a casa, com a exceção das incursões que fazia em São Jorge. Quase nunca o vi indo para outra cidade. Talvez porque sempre fomos muito próximos, eu não o questionava. Ele não me prendia, minha vida não foi presa à nossa casa, mas isso não muda o fato de que nós não saíamos em viagem para lugar nenhum.

A primeira pessoa que me sugeriu cursar uma faculdade fora do estado foi um professor do ensino médio. Ele conseguiu o material impresso sobre a faculdade e sobre a política de ingresso e pediu que eu lesse tudo aquilo com atenção. Desde o momento em que compartilhei a ideia com o vô, ele nunca colocou nenhum obstáculo. Experimentei alguma ansiedade com a perspectiva de deixar a minha única casa para trás, mas escondi muito bem. Quando o resultado do vestibular saiu e eu fui aprovado, para o mundo, eu era apenas regozijo.

O primeiro ônibus interestadual que eu peguei, no centro de São Jorge, para ir até a faculdade, percorreu o mesmo trajeto que eu fiz com Ruy naquele dia em que saímos em nossa missão. No ônibus, a sensação que eu tive foi a de estar entrando em um novo mapa – eu não estava deixando minha casa para trás, eu estava descobrindo novos territórios. Anos mais tarde, aquele mesmo trajeto significava uma coisa muito diferente.

Ruy não dirigia muito rápido e dirigia em silêncio. A floresta através da janela aberta, no entanto, corria com uma velocidade maior do que eu podia apreender. É clichê dizer que eu estava deixando a minha casa para trás em definitivo, os paralelos com o amadurecimento são óbvios. Mas preciso deixar registrado que a aquarela de verdes que deslizava pela janela me comunicou a metamorfose, não o deslocamento.

– O que são os homens-chama? – eu perguntei a Ruy. Ele deu um salto no volante, parecia ter esquecido que tinha um passageiro no carro.

– O que são os homens-chama – ele repetiu. – Essa parte não ficou totalmente clara para mim. Talvez porque eu não vi nenhum. Ainda.

– O duplo que estava preso comigo embaixo do sobrado estava convencido de que elas estavam por trás do que acontecia aqui.

– O barão português. Aquele que escreveu os diários que seu avô comprou. Em alguns diários ele mencionou umas figuras humanas envoltas em chamas. O barão faz questão de descrevê-los como chamas azuis em forma de homem. Ele parecia vê-las das janelas de sua casa, caminhando pelo jardim, ou por entre as árvores na floresta. Ele escreveu que elas estavam sempre em movimento, sempre indo a algum lugar ou buscando alguma coisa. Contudo, elas pareciam inofensivas. Até onde eu pude ler nos diários, não há qualquer menção de que uma dessas criaturas tenha entrado na casa dele, por exemplo, ou acossado qualquer pessoa.

– Esses são os homens-chama, então. O duplo de Décio parecia achar que eles tinham alguma influência sobre as pessoas cá no nosso mundo.

Há uma pessoa responsável pelo surgimento da passagem que permite que os duplos visitem o nosso mundo, e eles estão manipulando essa pessoa. Ele deu a entender isso.

– Não é tanto que as criaturas de chamas o manipulem, mas elas o deslumbram. O fogo delas não pode feri-lo, isso é um ponto. Talvez elas até sejam capazes de artifícios que eu e os duplos desconhecemos. Eu, porque nunca vi uma; os duplos, porque têm medo de se aproximar delas. Mas não creio que haja inteligência por trás desses artifícios. É fácil imaginar que alguém manipula o barão, mas acredito que a responsabilidade é inteiramente dele.

– Então é o barão! Ele ainda está vivo.

– Sim. Alhambra Cazália e Xavier Gois são a mesma pessoa. Provavelmente houve outros nomes desde que se mudou para cá no século dezenove. Esse é o meu palpite. Ele está vivo há muito tempo e deve conhecer, a essa altura, todos os truques legais necessários para sustentar seus disfarces. Pelos diários já se percebe que era um homem muito inteligente.

– Você sabe da casa onde ele está.

– Sim.

– Será que tem mais alguém com ele?

– Sei que pelo menos mais uma pessoa mora com ele. Acho que o barão não sabia no início o que lhe proporcionava a longevidade ou o que invocou os duplos, que ele matava continuamente, e as chamas-humanas. O totem. O totem permite esse poder sobrenatural. A estatueta do lagarto de duas cabeças. Agora, pense que o barão não desfrutou de sucesso financeiro sempre ao longo dos anos e talvez tenha precisado vender algumas coisas em algum momento. Pelos diários ele deixa claro que possuía uma grande quantidade de obras de arte. O lagarto estava entre os itens que ele vendeu para restabelecer suas finanças. Se ele fez isso, ele não sabia que estava vendendo a única coisa que o impedia de definhar neste mundo. Pois então ele o perdeu e começou a morrer, como todos nós.

– E como ele o conseguiu de volta? Quer dizer, como ele descobriu que era esse item que o mantinha vivo?

– Aqui fazemos um salto dedutivo. Seu avô tem o inventário dos livros do barão. Eu consegui fotocópias dos livros. Eu procurei nessas cópias e encontrei várias referências ao lagarto de duas cabeças. Tudo muito parecido à historiografia que o meu sogro havia compilado sobre esse folclore, entre aspas. O barão tinha condições de descobrir o mesmo que o meu sogro descobriu, que o lagarto era a passagem entre os mundos. O mundo de cá e o mundo dos duplos. E que ter esse poder com ele lhe prolongava a vida.

Dirigimos por muito tempo. Às vezes eu pensava que a Baía dos Lagartos já estava perdida. A floresta dos dois lados da estrada nos prendia naquele eixo de deslocamento com direção única e inequívoca. Eu não conseguia distinguir os jacarandás dos paus-ferro dos jequitibás-rosa. Uma única massa verde e viva desfilava do outro lado das janelas. Nem mesmo seu cheiro eu conseguia sentir, pois meu olfato registrava apenas o asfalto, o escapamento e a borracha queimada. O sol brilhava em um céu limpo.

Eu percebi que Ruy ainda não havia me contado qual era o plano. Como ele ia entrar na casa do barão sem ser impedido? Pelos homens-chama ou pelo que fosse. Qual sua estratégia para reaver um objeto que era claramente imprescindível para seu dono? Como lutar com os homens-chama? Não fiz nenhuma dessas perguntas, porque temia que ele não tivesse as respostas. Será que eu esperava que ele simplesmente dirigisse para fora da Baía dos Lagartos? Na minha cabeça essa possibilidade era irreal. Tudo havia sido reduzido ao escopo da Baía. Não havia por enquanto nada fora dela, nenhuma correção para seus problemas existia fora dessa realidade comprimida.

— Eu sei sobre os seus pais — Ruy falou, de repente. — Em uma das cartas onde te apresentava, seu avô fez questão de frisar que você era um órfão.

Eu podia contar no dedo o número de vezes que alguém usou aquela palavra em qualquer lugar onde eu estivesse ao alcance da audição.

— Eu fui um filho desajustado. É, se eu soubesse naquela época o que eu sei hoje, teria ouvido os meus pais um pouco mais. Sabe como é, eu teria dado um pouco mais de atenção para eles. Também já perdi os meus pais, Daniel. Não da mesma forma que você perdeu os seus, tão cedo. Eu já era adulto, já era casado, e já tinha feito tanta merda àquela altura que se fosse eu quem tivesse morrido, meu pai, aposto, não gastaria muito tempo com o luto. Quando eu era mais novo, eu falei para ele uma vez, eu disse ao meu pai, depois que eu tinha aprontado alguma coisa e ele veio com um sermão para o meu lado, eu disse, aposto que você iria dançar em cima de meu túmulo se eu morresse. É, eu disse isso.

– Ele não deve ter levado a sério.

– Você não conheceu o meu pai – ele disse. – Ele era um homem difícil. Meu pai teve um ataque cardíaco fulminante aos 60 anos de idade e minha mãe morreu de mal súbito apenas um ano depois.

– Meus pêsames, Ruy.

– Mas nem tudo foram dores com meu pai. A gente gostava de jogar bola, por exemplo. Às vezes a gente trocava uns chutes no campo que havia perto de casa. A gente tinha uma bola de futebol velha e pesada, quase sem as calotas. No jogo a gente era amistoso. A gente não conversava muito enquanto jogava, mas era ao menos uma trégua. Uma vez eu cheguei bem perto do gol dele e eu chutei a bola e acertei o travessão. Não dei nada por isso, pensei que era somente meu azar. No caminho para casa, naquele dia, ele disse que era preciso uma pontaria muito boa para acertar a trave daquela forma. Aquilo ficou em minha lembrança. Na hora eu pensei que o velho só queria me fazer um elogio, dizer qualquer coisa, fingir que era um pai de verdade. Eu sei que eu sempre lembro dessa frase dele.

– Eu tenho algumas fotos de meus pais em casa – eu disse. – Em apenas uma eu apareço. Minha mãe está me carregando no colo e eu devo ter uns poucos meses de vida. Nas outras, estão apenas os dois. Além dessas fotos, não tenho lembranças realmente de como eles eram. Acho que você tem sorte por ter lembranças de seus pais – essa era a fala ensaiada para qualquer um que tentasse puxar assunto comigo acerca da morte prematura dos meus pais, ou que tentasse, como Ruy, compartilhar algo da experiência dele próprio com os pais, já que eu não possuía nenhuma.

Para chegar na casa do barão, nós saímos da estrada principal e seguimos por um trecho de terra. Ruy disse que estávamos chegando perto e passou a rodar em uma marcha mais baixa. Se qualquer um nos visse, pensaria que estávamos ali a passeio. A gente foi poupado do rugido do vento passando pelas janelas abertas e passamos a escutar a mata cantar baixinho ao nosso redor.

Nós chegamos à casa do barão com o sol a pino. A casa era rodeada por um alto muro branco encimado por telhas. À distância nós conseguimos avistar uma construção caiada e um amplo telhado feito inteiramente de rampas. À medida que nos aproximamos do terreno, nosso campo de visão foi dominado pelo muro branco.

Havia um pesado portão de madeira embutido no meio do muro. Ruy parou o carro a alguns metros de distância. O trecho entre a rua e a casa era inteiramente de terra batida, não havia sido pavimentado, apenas a vegetação fora removida. A casa devia ser bastante nova, não tiveram tempo para finalizar a área para a entrada de carros. Aquele detalhe de descuido retirava um pouco do assombro com as dimensões da construção à nossa frente. Contudo, a sensação de que estávamos em uma zona morta, à parte do mundo de onde viemos, apenas se aprofundou. Quando Ruy desligou o motor do carro, tudo se tornou um silêncio quente e seco, pontuado por pássaros que chamavam a algo ou alguém.

Tudo naquele momento era distância. Nós, o mundo lá atrás, a casa à nossa frente, o silêncio quente e seco, os pássaros piando ao longe. O tempo e o espaço haviam se distendido e sobraram esses poucos componentes. Era possível tê-los entre os dedos das mãos.

– O seu plano é bater na porta da frente e pedir licença para fazer uma visita? – eu perguntei a Ruy.

– Agora nós vamos esperar um amigo – foi resposta de Ruy, que não fez nenhuma menção de dizer quem era o amigo. Ele fixou o olhar no portão de entrada e de vez em quando se virava para olhar alguma coisa na mata ao nosso redor. – Eu estou esperando alguém – ele repetiu – e também espero que nada de estranho saia dessa mata.

Com as janelas abertas, não sofremos demais com o calor. Uma brisa leve e fresca soprava de vez em quando, levantando a poeira ao nosso redor e balançando a folhagem na periferia do nosso campo de visão. O dia estava muito claro, mas havia sombras entre as árvores, atrás dos arbustos, um verdor obscuro que se adensava nas regiões onde a visão não conseguia distinguir com certeza os contornos das plantas. A minha imaginação transformava em passos qualquer ruído e em um par de olhos qualquer brilho que surgisse da floresta.

Eu queria muito saber que horas eram, mas não havia trazido meu relógio de pulso. Eu vi que Ruy tinha um relógio, mas eu tinha medo de atrapalhar sua concentração com perguntas ansiosas. Pensei em como seria útil ter crescido com o tipo de treinamento que permite um homem dizer a hora do dia olhando para a posição do sol. Eu coloquei a cabeça para fora da janela do carro e olhei para alto. Eu me contentei com o julgamento de que o sol estava alto. O tempo passou. Em algum momento, um carro passou na rua atrás de nós. Ruy se virou com um salto e acompanhou o carro com o olhar enquanto se afastava, até se ocultar após uma curva.

– Não era o carro do seu amigo? – eu perguntei.

– Eu não sei o carro dele – Ruy respondeu.

Quando um segundo carro se aproximou, dessa vez era o amigo de Ruy. Ele parou um carro sedã prateado atrás de nós. Ruy se virou e observou o carro com atenção.

Nenhum dos carros possuía insulfilme cobrindo os vidros, portanto era muito claro para os ocupantes de um carro quem estava no outro veículo. Percebi que Ruy reconhecera o outro motorista, mas este não parecia prestar mais atenção em nós que o necessário para que não colidisse com nossa traseira. O motorista estava atarefado organizando alguma coisa sobre os bancos. Ele pegava algo no banco do carona, ou abria o porta-luvas, e inspecionava o item que tinha em mãos. Ruy e eu seguimos os seus movimentos com atenção. Por fim, o motorista colocou um boné na cabeça e saiu. Um homem corpulento com roupas de veraneio muito largas.

Ele se aproximou da janela do motorista do nosso carro e se inclinou e olhou para nós com um sorriso divertido no rosto. Ele usava um boné preto e mechas de um cabelo louro muito fino saíam sem ordem por baixo da lona. Eu não poderia dizer que era um homem velho, mas ele deixara de ser um homem jovem há muito tempo.

– Foi fácil achar o lugar? – Ruy perguntou.

– Foi difícil não parar no meio do caminho para tirar umas fotos. – Ele tinha uma voz grave e alta de palestrante. – Esse é o garoto? – Ele me apontou com o queixo.

– Daniel, esse é Gusmão.

– Prazer – eu disse. Notei que ele carregava uma pasta com documentos.

– Já viu uma aventura igual a essa, Daniel? – ele perguntou. Eu não conseguia entender o que tinha de divertido na situação, que o mantinha com um sorriso no rosto, mas a sua boa disposição era bem-vinda. – Os senhores estão prontos? – Ele direcionou a última pergunta a Ruy.

– Daniel, me faz um favor – Ruy se virou em seu assento e pegou no banco traseiro a bolsa esportiva que ele havia trazido e passou-a para mim. – Abre essa bolsa e vê o que tem dentro.

Eu apalpei a bolsa e vi que estava praticamente vazia, fora alguns volumes no compartimento principal. Eu abri o zíper e verifiquei que havia dois embrulhos dentro da bolsa. Ambos envoltos em panos macios. Um embrulho vermelho, menor, e um embrulho verde, maior.

Eu abri o vermelho. Havia fitas elásticas amarrando o pano em volta do item. Quando eu desfiz o embrulho, descobri um pequeno lagarto de madeira, que parecia ter duas cabeças originalmente, mas uma delas estava quebrada. Lembrei-me da história de Ruy.

– Com esse lagarto quebrado, vamos poder identificar a peça que estamos procurando. Pode abrir o segundo embrulho, por favor. – Ruy pareceu ansioso. Além de ser maior que o primeiro, esse era também mais pesado. Eu desfiz as amarras do pano em volta do item e descobri que era um revólver. A arma parecia muito nova, pois o seu metal estava impecavelmente polido. A madeira entalhada na coronha também brilhava. – Não se preocupe, porque não está carregada – Ruy disse, tirando a arma das minhas mãos. Ele pediu que eu abrisse o porta-luvas e pegasse a caixa de munição que estava lá dentro. Eu passei a caixa para ele e ele carregou as balas no tambor do revólver enquanto trocava algumas palavras com Gusmão. Ele estava dizendo a Ruy que em todas as visitas que fez à casa não viu ninguém além do barão e da mocinha que preparava suas refeições e mantinha a casa arrumada. Gusmão reiterou que o homem também possuía armas, um pequeno arsenal.

Satisfeito com a arma carregada e travada em sua posse, Ruy olhou para mim e perguntou se eu estava pronto. Eu quis saber qual era a minha função nessa empreitada.

– Apenas me siga, e esteja pronto para encontrar o outro lagarto. – Talvez não muito satisfeito com a expressão que eu tinha no rosto, ele ainda adicionou: – Tente não pensar muito. Siga os meus passos e as minhas instruções e esteja atento.

Gusmão enfiou a cabeça pela janela e enfatizou que eu devia ficar longe do alcance e da mira de qualquer arma que aparecesse no caminho.

Eu e Ruy saímos do carro e seguimos Gusmão até o portão de madeira. Recortada dentro do grande portão havia uma porta menor, e na parede ao lado do conjunto havia um painel de interfone. Gusmão parecia a pessoa mais despreocupada do mundo quando pressionou o botão do interfone e aguardou por uma resposta. A voz de uma moça atendeu, interrompida por chuviscos ocasionais do aparelho, e perguntou quem ele era. Ele usou alguma pompa para descrever a si próprio. Entendi que era o advogado do sr. Cazália.

– Por favor, meu bem, você pode vir aqui fora pegar uns papéis que eu trouxe para o seu patrão? Está muito quente para eu ficar andando de um lado para o outro.

– Tudo bem. Já vou sair – a voz respondeu através dos estalidos do interfone.

Ruy se posicionou ao lado da porta menor, com o revólver na sua mão direita. Ele se virou para mim e disse que não se orgulhava muito do que tinha que fazer.

Ouvimos os passos apressados da moça do outro lado do portão apenas quando ela estava próxima. Escutamos um clique mecânico e a porta menor se abriu para dentro. Ruy se moveu com rapidez e jogou seu tronco para dentro da armação da porta e puxou a moça para o lado de fora, agarrando-a pelo pulso com a mão esquerda. Durante o movimento, o corpo dela quase caiu e ele a manteve equilibrada, puxando o seu braço. Antes que ela pudesse soltar um grito ele exibiu a arma e pediu que ficasse em silêncio. Ruy continuou segurando a moça pelo pulso. Ele parecia estar apertando com muita força.

– Tem mais alguém na casa? – ele perguntou.

A moça balançou a cabeça para os lados.

– Pode pensar – Ruy disse. – Tem mais alguém além de Alhambra Cazália? Ela sussurrou que não havia mais ninguém.

– Onde ele guarda os objetos de arte?

– Os quadros?

– Outros objetos também. Livros, esculturas.

– Na sala dos fundos.

– Nós vamos entrar, tudo bem? Eu e você, e você vai me levar até a sala dos fundos. Onde está seu patrão?

– Quando eu saí, ele estava lá em cima, no quarto.

– Ele já almoçou?

– Não.

– Nós vamos entrar sem fazer barulho.

Com muita destreza, Ruy largou o braço da moça, girou o corpo dela e passou um braço em volta do seu pescoço, segurando o revólver contra sua cabeça. Eles arriscaram alguns passos juntos, sem ritmo, até o portão. Ruy fez sinal com a cabeça para que eu o seguisse.

O que eu deveria ter feito? Eu não tive tempo para me decidir entre seguir o homem armado com uma refém ou esperar na selva por fantasmas.

Gusmão apenas levantou e abaixou a aba do boné para nós quando passamos por ele e entramos na propriedade.

Do outro lado do portão, havia uma extensão de mais ou menos duzentos metros de uma grama muito verde e bem aparada. A casa era imensa e lembrava a estrutura de uma grande caixa, da qual sobressaíam caixas menores em lugares inusitados. A pintura das paredes externas era tão branca que brilhava. Ruy e a moça caminhavam devagar, suas quatro pernas avançando em um ritmo provisório, cambaleante e indeciso. Se Ruy sussurrava alguma coisa para a moça, eu não conseguia ouvir. Eu mantinha certa distância.

Havia muitas janelas naquele lado da casa. Janelas grandes e limpas, através das quais eu entrevia cômodos grandes e vazios de mobília e de gente. Eu observava as janelas caminhando atrás daquele par de dançarinos improváveis. Não consegui ver ninguém. Aquela constatação esvaziou um pouco da tensão que eu sentia e que quase me obrigava a parar de caminhar e esperar imóvel no gramado pelo pior.

A porta da casa estava aberta. Ruy se encostou na parede ao lado, da mesma forma como fizera no portão externo, retendo a moça pelo pescoço. Eu me espremi ao lado deles, porque queria ficar longe da área de visão das janelas. Eu vi que a moça estava tendo dificuldades para conter o choro.

Ruy sussurrou algo em seu ouvido. Os dois pararam na frente da porta e a moça gritou para dentro da casa:

– Sr. Alhambra, o sr. quer que eu leve o seu almoço agora? – A sua voz ressoou muito limpa no ar silencioso da tarde, dentro e fora da casa.

Os dois esperaram um pouco e Ruy os colocou em movimento novamente. Ele olhou para mim e em seguida entrou na casa. Eu entrei na casa atrás deles.

A porta da frente dava no meio de um corredor. O chão era de um assoalho muito limpo e as paredes brancas não tinham nenhuma espécie de decoração. Quando eu entrei na casa, os dois já estavam seguindo o corredor com passos cautelosos, muito devagar.

Eu os segui através de uma série de cômodos compostos pela mesma combinação de assoalho e paredes brancas, sem decoração alguma.

A finalidade das salas era uma incógnita. Os cômodos se alternavam em tamanho e nos ângulos com que suas paredes os cortavam. Tampouco havia mobília, sofás, cadeiras, mesas, estantes. Todos os cômodos estavam muito limpos. Caminhamos devagar pela casa, sem ouvir rumor da presença de ninguém.

Estávamos atravessando um corredor enviesado quando ouvi claramente as palavras da moça nos braços de Ruy, "É ali." Um corredor na diagonal nos levava de uma sala sem janelas para uma outra que devia contar com algumas que davam para o jardim, pois no fim do corredor havia luminosidade abundante. Todavia, as paredes estavam dispostas de tal forma que nós não conseguimos ver o que havia depois da curva final do corredor. Ruy e a moça continuaram avançando em seu abraço mortal, seus passos agora faziam mais barulho, pois não conseguiram encontrar um compasso e se arrastavam e brigavam por espaço enquanto disputavam o avanço.

Quando Ruy e a moça dobraram o fim do corredor, houve um enorme disparo e os dois corpos foram jogados com violência contra a parede atrás deles, enquanto o peito da moça explodia para fora. Quando os dois tombaram no chão, o abraço já havia se desfeito. Muito sangue havia espirrado nas paredes brancas do corredor e alguns respingos haviam atingido meu rosto e minhas roupas. Eu imediatamente me agachei, meu coração queria pular para fora da boca.

O corpo da moça caíra de costas sobre o corpo de Ruy. Os dois estavam sem vida, seus braços e pernas abertos em ângulos sem cálculo. Uma poça de sangue se acumulou embaixo do corpo de Ruy. Tudo ficou muito quieto após o disparo. Eu escutei, vindo da sala do outro lado do corredor, apenas um clique metálico seco, uma arma sendo engatilhada para um segundo tiro. Eu esperei agachado sem saber pelo quê, mas não ousei me mover um centímetro dali. A mão de Ruy que segurava o revólver abriu na queda e a arma caiu no chão ao lado de sua perna. Eu pensei que gostaria de ter aquele revólver em mãos para enfrentar o que me esperava do outro lado do corredor, mas era impossível eu pegá-lo do chão sem levar, eu também, um tiro. Não sei o que atirador fazia na outra sala, pois o silêncio era absoluto e se prolongou por muito tempo. Eu não sabia se o atirador se aproximava ou se esperava que eu cometesse o erro de aparecer na ponta do corredor. Quando me recuperei do choque, decidi que era mais razoável correr para o mais longe possível dali... quando percebi algo se movendo no final do corredor.

Pensei que Ruy havia sobrevivido, pois erguia vagarosamente o revólver. Movia-se tão devagar que aquilo me irritou. A arma disparou duas vezes, apontada na direção de onde viera o primeiro tiro, e então disparou de novo. Ouvi algo pesado caindo no chão da outra sala.

Aguardei que Ruy se levantasse, mas nada se moveu. Olhei para o revólver e notei que levitava. Estava suspenso no ar, a um palmo do chão. Alguém tinha de segurá-lo, pois a sombra do braço que o empunhava era nítida.

Essa sombra manteve o revólver no ar por um longo tempo, sem falsear a mira.

Eu apertava o lagarto de madeira dentro do bolso.

A sombra colocou a arma no chão e gesticulou para mim.

Eu me levantei e caminhei com cuidado, evitando pisar no sangue. Olhei para a arma caída ao lado dos corpos, mas no último momento escolhi deixá-la onde estava. A sombra acenava para mim de forma esquisita.

A sala era muito grande. Se alguém quisesse transformá-la em um pequeno teatro, conseguiria acomodar com facilidade um palco modesto e lugares para cem, talvez cento e vinte pessoas. À esquerda, uma série de portas de correr envidraçadas deixavam entrar ampla iluminação natural. Na parede oposta estava apoiado um grande número de telas. Eu pude observar rapidamente que eram pinturas em sua maioria feitas em tinta a óleo, com paisagens lúgubres, campos, faróis, bosques, vilas, céus nublados, em pouquíssimas das pinturas o artista havia expressado qualquer forma de alegria. Havia também algumas esculturas espalhadas pela sala, peças pequenas de madeira e algumas da altura de uma pessoa, em ferro ou gesso, que retratavam, em geral, anjos, animais e demônios. Havia muitas caixas em estágios variados de desempacotamento. Muito isopor e raspas de madeira espalhados pelo chão.

No meio da sala havia um corpo. O sangue brotava de alguns furos na bata que o cobria do pescoço aos joelhos. Seu rosto era de idade indefinida e parecia nunca ter sido saudável. Caído ao seu lado, um rifle. Do outro lado, um pedestal.

Eu me aproximei devagar do pedestal. Pude apreciar como o lagarto de madeira exposto ali era igual ao que estava no meu bolso, porém com duas cabeças. Os dois pescoços estavam inteiros. As duas cabeças na ponta daqueles pescoços idênticos formavam um arranjo perfeitamente simétrico. O centro daquele par parecia ser um pivô em torno do qual a realidade poderia girar. Foi essa a sensação que a figura me passou.

– Não sei o que aconteceu, mas todos os homens-chama hoje foram para bem longe dessa casa – ouvi a voz de Décio antes de perceber que o duplo estava ao meu lado.

– Eu acho que eu sei por que eles foram embora – eu disse, tirando do bolso o segundo lagarto. Ele apenas soltou um gemido e não me respondeu nada.

– Como eu devo fechar a porta? Devo queimar as duas peças?

Eu olhei para ele e ele deu de ombros.

– Deve funcionar.

– Vocês não gostam de visitar o nosso mundo? – Eu fiz uma pergunta que estava em minha mente há um tempo.

– Sendo sincero, Daniel, nós não temos necessidade de vir aqui, e a maioria de nós prefere ficar onde está. Mas não é essa a questão. O problema em manter a porta aberta é permitir que um perigo muito grande entre por ela.

– E se você levar essa outra peça? – eu estendi a mão com o lagarto quebrado para ele em um impulso. Ele se retraiu. – Você já viu que ela os afasta. Não seria útil para vocês? Ou talvez a gente possa quebrar uma cabeça desse outro lagarto? Isso não vai mantê-los a salvo?

– Uma porta quebrada ainda não está fechada – ele respondeu, um pouco inseguro. Ele remoeu alguma coisa consigo e soltou o ar, relaxando os ombros. – Apenas feche a porta, Daniel.

Ele sumiu bem devagar. Foi um desaparecimento mais homogêneo que o anterior. Ao invés de tremer e oscilar, sua imagem apenas foi se esmaecendo. Ele falou alguma coisa, mas eu não consegui escutá-lo.

Eu saí pela porta de vidro que dava no jardim. Rodeei a casa, olhando pelas janelas para dentro dos cômodos por onde eu passava, até encontrar janelas cortinadas atrás das quais avistei fogão e geladeira. Entrei pela porta semiaberta e procurei por uma despensa. Finalmente saí da casa com uma garrafa de álcool e fósforos. O meu problema era queimar aquelas duas peças sem criar um incêndio.

Gusmão estava sentado em seu carro e acenou para mim quando me viu. Tinha uma expressão séria no rosto, não pareceu surpreso ao me ver saindo sozinho.

No chão de terra batida em frente ao muro, eu coloquei os dois lagartos de madeira lado a lado e os banhei com o líquido inflamável. Eu coloquei fogo no pano usado para embrulho e pousei o pano ao lado das peças. Elas logo pegaram fogo e queimaram por muito tempo. Nada interrompeu o fogo. O crepitar da madeira em chamas juntou-se à cantiga da floresta. Eu não sabia em que ponto da queima poderia ser declarado que a magia dos lagartos estaria quebrada, então esperei até que fossem reduzidos a cinzas. Às vezes eu olhava para Gusmão dentro do carro e ele sorria e acenava para mim, mas não saiu do veículo em nenhum momento. Se a chama começava a me parecer menor, eu jogava mais um pouco do álcool.

Quando o fogo morreu, eu vasculhei a pilha de cinzas com a ponta do tênis. Andei até a borda da floresta e voltei com um pedaço de pau. Terminei de vasculhar as cinzas, mas não encontrei nenhum vestígio de madeira ou carvão que não houvesse sido desintegrado.

Meu próximo problema era voltar para casa. Eu voltei até o carro alugado de Ruy. Gusmão finalmente saiu do carro dele e me perguntou, com um sorriso com todos os seus dentes de fora:

— E aí, garoto?

— Ruy ficou lá dentro. Ele está morto.

— Eu imaginei — ele continuou me olhando e sorrindo, como alguém que aguarda o próximo movimento de um jogador. — Fez o que tinha que fazer?

— Acho que sim.

— Consegue dirigir?

— Consigo.

— Pega o carro dele e vamos até sua casa. Depois disso, deixa tudo por minha conta.

— Espera — eu disse.

Eu voltei até o amontoado de cinzas e comecei a vasculhar novamente com o galho quebrado.

Eu as vi brilhando entre as chamas. Demorei até achar todas, mas no fim estava com as seis gemas de obsidiana no bolso.

CENTRO DE GRAVIDADE

Quando eu voltei da casa do barão naquela tarde, estava sem capacidade para lidar com o mundo real.

Eu e o advogado voltamos juntos, cada um em um carro. Por um instante, na porta de casa, pensei ter visto em seu rosto algum desespero, que logo desapareceu.

– Onde está o seu avô?

– Eu não sei – era a primeira vez em vinte anos que eu ignorava o paradeiro do vô.

Olhei a biblioteca, as salas no andar de baixo, espiei o quarto dele. Escutei Lurdes fazer barulho na cozinha. Avisei a Gusmão que ia ficar em meu quarto. Eu sentia ter convidado um monstro perigoso para dentro de casa, por isso me recolhi para pensar em silêncio. Acontece que uma multidão de pensamentos passava por mim e eu não conseguia dar forma a nenhum deles. Os eventos recentes – a casa, a refém, os tiros, a fogueira – iam se repetindo como uma faixa musical presa a um laço de repetição. Pior, perdiam a consistência de fatos para se tornarem um delírio coeso e inconveniente.

O vô retornou à noite. Ouvi a conversa indistinta dele com Gusmão na sala e desci. Queria ouvir, de qualquer um, alguma coisa diferente dos cenários que se multiplicavam em minha cabeça, futuros desagradáveis antecipados em diferentes variações.

Os dois pararam de falar quando eu entrei. Gusmão rapidamente tomou a dianteira e pediu licença para se retirar. Antes de se despedir de mim, ele repetiu que eu não me preocupasse com nada, da mesma forma que fizera mais cedo em frente à casa do barão, com o bom humor de um estrangeiro. O vô e eu fomos conversar na biblioteca.

– Acho que não posso me desculpar, Daniel. Eu tornei sua vida mais difícil nos últimos dias e eu torço para que a partir de amanhã ela melhore, da forma que a vida encontrar para fazê-lo. Eu não sei qual forma sua vida vai ter a partir de agora. Eu tentei cuidar de você o melhor que eu pude depois que sua mãe e seu pai morreram. Eu nem tive tempo de sofrer com a perda deles. Lá estava aquele bebê maravilhoso que não tinha ninguém que olhasse por ele. A sua avó era louca por você, já lhe disse isso. Depois então foi a vez dela me deixar. Eu estava perdido, mas aí eu olhei para você e pareceu que eu vi um amigo querido.

O último laço que a vida me permitiu manter. Além dessa estreiteza, era tudo escuridão. Eu sempre achei que eu sabia equilibrar as faces diversas da vida, até o dia em que tudo ruiu. Soterrei o meu único amigo sob uma pilha de pesadelos. O que jamais teria acontecido se sua avó estivesse aqui. Ela era a minha melhor parte. Eu dei o meu melhor para trazer essa parte à tona, meu filho. Não julgo que fiz um trabalho de todo ruim. Eu vejo você em pé na minha frente, quando poderia muito bem ter escolhido não olhar mais na minha cara. Essa cara velha e amargurada de um homem que pôs tudo a perder tentando capturar uma ilusão. Eu não vou me desculpar, meu filho, para que você possa ter raiva de mim. Quando eu pude enxergar sua avó sadia e feliz naquela praia, enquanto ao mesmo tempo ela definhava aqui dentro, eu percebi o quanto eu amava aquela mulher, ela conseguia me proporcionar o impossível. Como eu iria abandonar qualquer chance de tê-la de volta?

O vô era um velho amigo do médico da vó, Bonifácio Almeida. Quando contou sobre os estranhos encontros que teve na praia com aquele homem obstinadamente igual a si próprio, sobre a devastação que foi encontrar sua esposa com saúde novamente, ele ouviu que Almeida havia passado por experiência semelhante e se tornou uma presa fácil da ambição do médico. Almeida e o vô começaram juntos a escavar a história de São Jorge até descobrirem os diários do barão, sustentaram sua avidez para descobrir o segredo dos duplos por anos, até quando Ruy e o rastro do lagarto de madeira na Baía cruzaram o caminho deles.

No início de tudo, foi Almeida quem convenceu o vô a pilhar e guardar o corpo da vó. Uma prova da extensão da vulnerabilidade do vô. Era esse corpo que estava conservado em um tanque na câmara subterrânea onde eu fui prisioneiro. Foi por isso que ele construiu o sobrado no jardim, para que pudesse esconder aquilo.

Os dias seguintes passaram devagar. Para todos os olhos, aquela casa havia recuperado a paz da rotina e do hábito, mas para mim o centro de gravidade dos afetos estava abalado.

Como uma consequência da investigação sobre a morte do recluso Alhambra Cazália, a polícia bateu na nossa porta. Estava muito claro para eles que Ruy havia invadido aquela casa com o intuito de roubá-la, e que o vô havia sido o seu cúmplice na organização do crime. Ele foi colocado em prisão provisória e levado a julgamento.

Gusmão assumiu a nossa defesa. Eu fui liberado, mas o vô, não. Ele insistiu que eu não comparecesse a nenhuma das suas audiências criminais.

Dias obscuros se seguiram. Manhãs sorumbáticas e estéreis seguidas de noites opressivas e solitárias. Lurdes ainda aparecia para manter a casa de pé, mas eu quase não a notava. Eu aceitei um ou dois convites de amigos para sair, somente para me sentir deprimido do lado de fora.

Mesmo que ele me pedisse o contrário, eu ainda assim visitei o vô uma vez enquanto esteve em prisão provisória. Meu coração se apertou ao ver sua figura abatida em um uniforme de prisioneiro muito grande para o seu corpo. Seu rosto cinza acentuava os cabelos brancos, dando-lhe mais um par de anos na aparência. Seus olhos estavam encovados e meio alucinados. Não sei qual era o Daniel que ele enxergava naquela sala de visitas do presídio. Conversamos brevemente, até ele se irritar e pedir para ser deixado a sós. Durante a conversa, eu me surpreendi quando ele perguntou sobre o lagarto de madeira, porque eu julgava que ele não tinha mais interesse naquilo. Eu contei a verdade, disse que destruí a estatueta. A notícia não pareceu surtir efeito nele.

O vô nunca saiu da prisão provisória, o processo nunca chegou ao fim. Assim como aconteceu com o pai de Ruy, foi um ataque cardíaco que o levou.

O vô já tinha se despedido de mim há muito tempo, mas guardei as lágrimas até o funeral. Chorei porque eu tinha raiva de tudo que me acontecera e porque eu sabia que continuaria sentindo a falta dele. Chorei ainda mais quando a cerimônia me remeteu ao enterro da vó.

Por insistência de Miriam e de alguns amigos, eu terminei a faculdade. Na época, senti que o mundo não comportava uma alternativa. Faltavam poucas matérias para concluir a graduação e a anestesia emocional me ajudou com o foco nos estudos.

Soube pelo advogado quando Lurdes se demitiu, ele cuidou da rescisão. Ela deixou o município e desapareceu da minha vida.

Quando eu me formei, considerei que arranjar um trabalho era impensável, então comuniquei às poucas pessoas que me cercavam que eu ia tirar um ano sabático. Voltei a São Jorge por falta de imaginação, mas fiquei longe da Baía dos Lagartos.

A SOMBRA DO DUPLO

Eu estava correndo no calçadão à beira-mar havia quarenta minutos quando avistei o prédio da clínica Olhares, onde teria meu primeiro encontro com o doutor Almeida desde o trágico desfecho do vô, alguns anos antes. Garoava e a paisagem que eu atravessava a trote era cinza: céu, mar, areia obscurecidos pelo filtro da garoa incessante contra um fundo plúmbeo. Um vento frio soprava da direção das águas. À distância eu captava com o canto dos olhos as pequenas embarcações ancoradas próximo à rebentação e os mamutes de metal bem longe em águas profundas, como castelos abandonados. A areia escura entre o pavimento da calçada e o mar estava ensopada com a garoa, polvilhada de galhos soltos e toda espécie de lixo menor.

Ao lado do calçadão, uma série de comércios fechados, restaurantes, bancos. Nem sinal de vivalma na rua. O prédio baixo de dois andares da clínica parecia acanhado rente a um prédio da administração pública. A clínica era apenas um caixote de cimento com janelas grandes de vidro maltratadas pela maresia. Na frente da entrada havia um pátio pequeno com um jardim e bancos de ferro, lixeiras e um poste de luz apagado. Eu saí do calçadão para o pátio, em cujo piso acumularam-se poças d'água em vários pontos, e caminhei até a marquise sobre a entrada.

As portas estavam fechadas. Espiei pelo vidro, mas não vi ninguém no lado de dentro. Havia uma guarita, mas também estava vazia. Eu olhei para o relógio de pulso, estava um pouco atrasado. Estava pensando em como entrar quando um homem em uniforme de segurança me abordou.

— Você é Daniel?

— Bom dia — eu respondi. — Sim, sou eu.

Ele tinha um olhar desperto numa face desperta, um contraste à sonolência da cidade ao redor.

— Venha comigo, por favor.

Eu o segui. Nós rodeamos o prédio, atravessando um modesto estacionamento vazio. Ele abriu uma porta nos fundos, para funcionários apenas, e nós entramos na clínica. Um corredor com piso de linóleo, envolto em sombras. O homem fechou e trancou a porta atrás de nós e passou à minha frente.

– Bonifácio está lá em cima – ele disse. – Você conhece a clínica?

Eu fui tomado por uma vontade de ler o seu rosto. Mais à frente, na outra ponta do corredor, havia lâmpadas acesas, mas a luz mal chegava onde estávamos. Ele aguardou em silêncio que eu desviasse o olhar de seu rosto ensombrecido. Eu disse que não conhecia o lugar.

– Estamos na parte do prédio reservada aos funcionários. Para chegar à área de espera dos pacientes, você teria que atravessar os escritórios da administração. Bonifácio está esperando você em uma sala de conferências no primeiro andar. – Ele tirou um molhe de chaves do bolso. – Se você subir pela escada à direita, logo no fim do corredor, você sai próximo ao depósito de limpeza. No fim desse corredor tem uma porta de vidro. Use essa chave – ele separou uma chave indistinta dentre as demais e me ofereceu. – Você ainda estará na área reservada da clínica. Procure pela sala de conferências, está sinalizada na porta.

Sua fala era protocolar, sem inflexões. Com pacientes da clínica devia exibir a mesma paciência e mecanicidade.

– Vai – ele disse, gesticulando com a cabeça para que eu seguisse adiante.

A porta da sala de conferências estava aberta e o médico pediu que eu a fechasse depois de entrar.

– Daniel – ele se levantou e veio apertar a minha mão.

A sala era pequena. Paredes brancas, janelas grandes, fechadas, que davam para a rua lateral, um ar-condicionado desligado, uma mesa de MDF nova e algumas cadeiras de escritório ao redor dela. O piso era acarpetado. Contei cada passada surda de Bonifácio Almeida, da cadeira onde estava sentado até parar à minha frente, quando me recusei a apertar sua mão. Ele não insistiu nem se demorou e voltou a sentar. Tinha um rosto deficiente em colágeno que não escondia certa insatisfação com o mundo.

Eu me esforcei para esconder a raiva crescente. Poucos anos atrás, esse homem havia me atacado covardemente pelas costas com um lenço embebido em clorofórmio.

– Daniel, o intrépido. – Por um instante ele voltou a ser um clínico de cidade pequena, com sua postura aberta e sem danos. – Formado, sim?

– Eu me formei ano passado – puxei a cadeira mais longe dele e sentei.

– Muito bom. Trabalhando?

– Tirei um ano sabático, estou avaliando minhas opções.

– Vai morar aqui em definitivo?

– Não tenho certeza. Depende se eu conseguir me adaptar de novo. Por exemplo, ainda nem pisei na casa do vô.

– Ora, ela é sua também.

– Talvez eu a venda.

– Bom.

Ele batia a ponta do dedo médio contra a mesa, como se pontuasse minhas respostas.

– Eu só te chamei para passar a limpo nossa relação. Não faz bem ao estômago se alimentar de rancores. Além disso, você é a única pessoa a quem eu posso contar a minha história, uma vez que o seu avô se foi.

Eu e ele guardamos silêncio à menção do vô.

– Quando seu avô me contou sobre o duplo, eu já tinha conhecimento do meu próprio *doppelgänger*. Você se lembra da clínica anterior que eu tinha na altura da Lombardia? Eu atendia no andar superior. No andar inferior ficavam o ambulatório e a recepção. Era uma clínica mais simples que esta. Eu trabalhava até tarde. Era apenas eu e um outro clínico, que vinha de outra cidade e eu não podia contar muito com ele. Então eram sempre longas horas. Um dia, uma noite, eu estava colocando alguns prontuários em ordem, meio distraído, quando olho pela janela e vejo um homem pegando fogo! Eu estava tão cansado que o choque foi amortecido, por assim dizer. Eu pensei que meus olhos me pregavam uma peça, mas eu parei o que estava fazendo e foquei naquela cena. Do lado de fora da clínica, ali estava um homem pegando fogo. Todo o seu corpo irrompia em chamas. Labaredas, Daniel. Tão azuis quanto um farol de xênon. A bem da verdade, era uma visão irresistível, além de muito estranha, porque o homem não demonstrava o mínimo sinal de agonia. Ele estava apenas parado no meio da noite. Tive a impressão de que olhava para mim. Eu saí da clínica. Dei a volta no prédio, saí no estacionamento de um supermercado. Não havia mais ninguém, só aquele homem em chamas parado em pé no meio da noite. Eu fiquei muito confuso. Era inconcebível. Eu me aproximei dele. Não havia calor, não havia som. Parecia que alguém havia apertado o botão para mutar o mundo. As chamas dançavam ao redor da figura e eu esperava ouvir aquele crepitar característico, mas tudo era silêncio. A noite pareceu mais vazia que o normal. Foi quando ele me deu as costas, muito sereno, e começou a caminhar.

Eu não podia fazer outra coisa, eu fui atrás dele. Caminhamos pelo avesso da cidade, por assim dizer. Pelo lado de trás das fachadas. Como um fogo-fátuo agudo ele iluminou a sujeira da cidade que eu comumente ignorava. Sabe a casca descartada de um casulo, já seca e translúcida? Imagine um fiapo de lume que a percorre por dentro, a luz quando a trespassa lhe dá a noção do quanto a matéria é frágil. Nós atravessamos o bairro e saímos em um descampado qualquer. Casas e edifícios à distância, muito longe de tudo. No meio do campo havia um outro homem. Eu pensei por um instante que era um amigo da figura que eu seguia, esperando por nós, sem me atentar que eu acompanhava a forma mística do fogo, não uma pessoa. Eu devia ter sentido medo. O outro homem olhava para o céu. Ele não me cumprimentou. Ele disse o seguinte: 'De onde eu vim, já não é mais possível enxergar as estrelas'. Eu respondi: 'Todo paulistano se assombra quando percebe que em outras cidades é possível ver um céu estrelado'. Eu gostei da voz dele. Ele não me ouviu ou ignorou o que eu disse. Ele me explicou que, de onde vinha, as estrelas haviam fugido dos homens, que de onde ele vinha, o céu, o céu bruto, à noite, era inteiro negro, não brilhava uma luz no céu noturno que não fosse algum veículo. Ele usou essas duas palavras: universo inflacionário. Ele me explicou que o universo, de onde ele vinha, havia inflado como um balão, as estrelas haviam se espalhado o suficiente umas das outras para que não fossem mais visíveis. O universo de onde ele vinha era desolação. Então, ele estava admirado com as estrelas. Não me pareceu estranho, quando ele voltou seu rosto para mim, que fosse igual ao meu. Em cada detalhe. O queixo carnudo, o excesso de pele nos olhos. Uma única diferença fundamental: aquele homem não conhecia o estresse. Ele sorriu para mim e olhou para um ponto às minhas costas. Eu olhei sobre os ombros e vi que a figura de fogo havia sumido. Devo ter perdido a consciência em seguida, de qualquer forma, não lembro como o encontro procedeu. Mas eu me lembro do que aconteceu depois. E se eu te disser que estive do outro lado, de onde o fantástico nos observa? Foi como despertar no espaço entre a consciência e o mundo. De repente eu estava onde a luz não me alcançava e tampouco a escuridão. Era algo inteiramente novo. Eu estava lúcido dentro daquela imaterialidade. A realidade era apenas sugestionada. A realidade devia existir em algum lugar, mas ela chegava até mim na forma de lampejos, impressões. Era como observar um jogo de quebra-cabeça espalhado sobre um mar revolto, eu sabia que aquilo que eu percebia formava um todo coeso, mas estava disperso. Não era o caos, mas um passo antes... ou depois. Eu como que flutuava no meio dessa dispersão. Eu não podia sentir a minha forma física, mas eu sabia que estava lá, eu tinha que estar, caso contrário não haveria nada, não haveria percepção alguma. A princípio isso me deixou sufocado, porque eu senti muito agudamente que eu podia desaparecer a qualquer momento, tão súbito como quando chegara ali, e então aquela prévia de mundo sumiria. Mas, então, entendi que não estava sozinho. Havia mais alguém ali. Fiquei aliviado porque, se eu sumisse, aquele arremedo de percepções não sumiria comigo, porque eu não estava sozinho e outro alguém perceberia o mesmo que eu. Eu senti que se eu desaparecesse, eu continuaria naquele outro alguém; o fim seria um outro começo, uma sucessão de "eus" garantiria que o mundo nunca cessasse. Essa compreensão foi maravilhosa; mas ao mesmo tempo que eu era testemunha dessa manifestação, eu deixei de ser uma parte dela; eu acordei. O sol ainda estava brotando no horizonte. Eu me sentia pegajoso, algo daquele não-lugar me adejava. Como que eu ainda me sentia imaterial. O duplo estava deitado na terra ao meu lado. Aquela semelhança extrema era o menos incrível da manhã. Eu precisava determinar se aquilo era um sonho ou não. Eu cutuquei seu ombro, não se movia. Encostei o rosto ao seu, não respirava. Senti seu peito, não batia. Aquele homem estava morto. Ele precisava de ajuda e eu era um médico. Eu o carreguei nos ombros até a clínica. Com muito esforço consegui achar o meu caminho de volta sem derrubá-lo e sem perder as forças. Era cedinho, então ninguém tinha chegado ainda para trabalhar. Eu o deitei sobre uma maca no ambulatório. As mesmas roupas, o mesmo jaleco sujo de terra; eu pensava em como aquilo era incomum. Tomei seus sinais, continuava morto. Eu já estava pensando em comunicar o ocorrido à polícia quando vi que o corpo começou a tremer. Se debatia e puxava o ar com alguma dificuldade entre gemidos dolorosos. Derrubou alguns instrumentos que estavam junto à maca. O tempo todo em que o observei voltar à vida eu apertava as palmas da mão contra a parede para me certificar da solidez e da aspereza da realidade. Quando pareceu que o processo de reanimação estava completo, ele chamou o meu nome. Ao olhar aquele rosto idêntico ao meu, eu me lembrei das estranhas visões que eu tive e pareceu que ele era o outro alguém que eu pressentira.

"Como eu decidi que não estava sonhando? Ele me perguntou que horas a recepcionista chegava. Disse que ia esperar comigo até ela chegar. Ele me encorajou a tomar mais uma vez seus sinais vitais.

Tomei sua pressão, escutei seus batimentos cardíacos. Um homem vivo, em nada diferente de outro. Sua deixa foi a porta da clínica se abrindo. Foi como um truque de efeitos espaciais em um filme, ele sumiu aos poucos, como se pensa que um fantasma faria. A garota da recepção irrompeu assustada no ambulatório, viu a porta aberta e achou que alguém havia invadido o lugar durante a noite. Ficou surpresa quando me viu ali. Não havia mais ninguém. Não era aceitável que eu havia sonhado os últimos instantes. Os duplos não podem morrer, Daniel, isso é um fato.

— Assim, aliado ao testemunho do vô sobre sua própria circunstância, você o convenceu a conservar o corpo da esposa num tanque de conservação embaixo da casa, porque a vida eterna estava ao alcance de vocês, quem sabe não trariam também os mortos de volta.

O vô tinha visto com os próprios olhos como o mundo era misterioso e bastou o incentivo de um fanático para desligá-lo completamente da sensatez.

— Nenhum duplo devia ter lhe procurado, isso foi um engano enorme. Custou muito ao vô – eu disse.

— Você já se perguntou por que recebemos essas visitas?

— Eles precisavam de ajuda.

— Eles queriam a passagem fechada e apostaram no nosso desinteresse. No seu desinteresse. Você nunca considerou o que nós ganharíamos com a passagem aberta. Não tenho certeza se seu avô soube a extensão da fortuna que perdemos.

— Eu sei o que o vô perdeu – de novo a raiva incipiente.

Quando o vô morreu, não encontrei um fio de evidência que onerasse qualquer outra pessoa pelo ocorrido.

— A última vez que eu te vi foi no tribunal. O seu avô me disse que você destruiu o lagarto. Eu quero olhar nos seus olhos e saber se é verdade.

Eu balancei a cabeça.

— Não me procure mais. Você não merece chegar a um braço de distância da verdade.

Refiz o caminho até a porta dos fundos, que estava entreaberta. Do lado de fora, o segurança da clínica me esperava fumando um cigarro. Olhou para mim como se eu valesse menos que aquela bituca. Já não garoava, mas o dia ainda estava afogado em umidade e silêncio.

Pude observar o seu rosto. Algumas cicatrizes marcavam sua bochecha, cinco cortes enviesados. Pude apenas imaginar uma mão num paroxismo de fúria arrancando a pele daquele rosto imbecil com as unhas.

VISITA INESPERADA

Não fiquei surpreso quando Gusmão me contou que alguém queria comprar a casa na Baía, senti que eu merecia aquela sorte. Fiquei surpreso quando descobri que queriam abrir um museu no terreno.

Eu morava em um apartamento alugado em São Jorge e preferia ter deixado tudo nas mãos do advogado, mas o comprador insistiu em me conhecer. Ele era um morador da região e desconfiei que estava ansioso para conhecer um vizinho tão infame quanto eu. Combinamos de nos encontrar na minha antiga casa.

Era a primeira vez que eu ia voltar lá em muito tempo, desde quando busquei minha última leva de roupas e um par de livros, no último ano da faculdade. Eu fingi que o retorno me era indiferente. Miriam tomou as rédeas da situação, sem que eu pedisse, e contratou uma pequena equipe de eventos para preparar a comida e a casa para receber as visitas.

Eu apareci na casa no horário combinado. A van da equipe de organização na porta da garagem me distraiu do quanto a casa estava envelhecida. As cortinas estavam abertas no janelão da sala e eu vi Miriam no interior conversando com uma moça num blazer justo que concordava com tudo que ela dizia.

Gusmão apareceu uma hora depois com o comprador, quem eu conhecia da história de Ruy, embora não tenha dito isso a ninguém. Lúcio Carneiro saiu do carro com a ajuda de uma bengala. Ele vestia um suéter, apesar do calor que fazia naquela tarde. Miriam disse ao meu ouvido que precisava ligar os ventiladores e sumiu no interior da casa.

Eu não esperava que houvesse um segundo carro, mas um utilitário parou atrás do carro de Gusmão. O motorista e uma jovem em trajes de enfermeira ajudaram uma mulher numa cadeira de rodas a desembarcar. Ela usava um poncho branco com a estampa colorida de uma grande flor.

Gusmão apresentou a todos na soleira da porta. Espremia-se dentro de um colete azul-marinho.

— Meu bom Daniel, estes são Lúcio Carneiro e Arlete Cisneros, que querem tirar essa casa de suas mãos.

Um garçom serviu as bebidas tão logo sentamos na sala de estar e não permitiu que ficássemos sem um petisco à disposição ao longo da tarde.

– Você mora longe, rapazinho – grasnou Arlete Cisneros. – Faz bem em vender essa casa, volte para a cidade, para o burburinho da juventude.

– Ele já não mora aqui, Arlete – interviu Gusmão.

– Você tem razão, é muito longe para mim, não é prático – eu disse.

– A Baía dos Lagartos é um santuário, mas a cada dia que São Jorge cresce, essas casas ermas ficam mais longe. Um dia elas se tornarão impossíveis, isoladas demais – Lúcio Carneiro disse, depois de um gole de licor. – É um crime deixar isso acontecer com a região. A proposta que Gusmão lhe apresentou parece justa, meu jovem?

– Você quer comprar a casa e erguer aqui um centro cultural, museu ou algo que o valha.

– Revitalizar a Baía dos Lagartos, oferecer um atrativo a mais para os moradores e para os turistas. A região já é um santuário natural, agora vamos ter um santuário cultural. Um lugar para preservar a história. História e muita arte. A casa cultural vai ter o privilégio de contar com a assessoria artística da senhora Cisneros.

– É meu privilégio conhecer essa região em uma época da minha vida onde só conheço restrições – ela acrescentou.

Eu não tinha qualquer animosidade em relação àqueles dois. Eles queriam comprar a casa? Tudo bem, tiravam um fardo dos meus ombros.

– A história da família Carneiro se entrelaça às raízes dessa região – disse Lúcio Carneiro. – Vocês conhecem, Daniel conhece, a senhora Cisneros também conhece, porque eu compartilhei com ela, a história do barão português que morou nesta selva. É uma anedota local. Poucas pessoas sabem que a história não se encerrou quando o barão partiu com sua família. Quase não há registros acerca disso, porque a baronesa buscou influência onde não tinha para impedir que as notícias se espalhassem. O barão nunca embarcou com a família para Portugal. Ele abandonou a todos, em algum ponto da viagem até as docas de Santos. O populacho foi questionado, os funcionários da lei desconfiaram de um sequestro, mas descobriram que o barão fugiu por conta própria de volta para São Jorge. A família não podia partir, a baronesa, os filhos, o séquito de funcionários, todos precisaram esperar o patriarca. Em São Jorge, a lei juntou homens que conheciam a região para buscar o fugitivo, pois descobriram que o barão tinha sido avistado nos entornos da cidade. Se, por um lado, queriam mostrar respeito pela aristocracia portuguesa, despendendo os esforços necessários para encontrar um membro desgarrado da confraria, por outro, temiam a soltura de um homem desequilibrado na selva. Meu avô foi um dos escolhidos para tomar parte na busca. Ele me contou que foi extremamente penoso. Não havia condições de se conduzir a empresa como devido. Escasseavam recursos, abundavam desinformação e desencontro. Não eram bandeirantes aqueles homens, não buscavam riqueza, não tinham experiência, eram homens comuns forçados selva adentro no rastro de alguém que não deixou pistas. Nunca o acharam, claro. Ninguém sabe onde o barão terminou.

O pequeno bufê não previa a janta. Antes do fim da tarde, as visitas partiram. Os funcionários limparam e guardaram tudo antes que escurecesse e foram embora. Na porta de casa, agradeci a Miriam por tudo e nos despedimos. Voltei para a sala de estar vazia. Ouvi arrebatado o mar ao longe.

Gusmão regressou mais tarde com Sabrina. Foi a primeira vez que eu a vi e me lembrei de Ruy, de como contava com ternura os casos que a envolviam. Ela usava jeans, uma blusinha amarela rendada e um blazer preto. Era mais alta do que eu esperava.

Fomos para o sofá e nos servimos do resto de espumante da tarde.

Ela apoiou os cotovelos sobre as pernas e me encarou. Pediu para lhe contar tudo que pudesse, então resgatei de uma memória profunda o relato dos dias que convivi com Ruy, surpreso com a quantidade de recordações que surgiram de repente. Eu disse o quanto sentia por sua perda e agradeci pela chance de resgatar um episódio recôndito antes que supurasse em meu peito.

Ela pediu para ver a praia. Ruy, em suas chamadas telefônicas, não podia enaltecê-la mais. Fomos os três até o deque, fizemos um brinde e então eu e Gusmão voltamos, deixando-a sozinha. Senti que sua visita era um divisor de águas para nós dois.

Conversei na sala com o advogado até o interfone tocar. Isso significava que havia alguém no portão, mas eu não tinha ideia de quem poderia ser. Atendi e ouvi a voz do doutor Almeida. Eu fiquei mais surpreso do que irritado com o atrevimento do meu inimigo. Ele disse que precisava falar a respeito do sobrado, entendi que era sobre a câmara. Talvez porque estivesse de bom humor, deixei que ele entrasse com o carro. Abri o portão a partir do painel eletrônico e voltei para o sofá.

Observei os faróis do carro de Almeida cruzarem o pátio enquanto o crepúsculo se adensava.

– Fique tranquilo, Daniel. Se notar que vai perder a calma, deixa que eu falo por você – disse Gusmão ao meu lado.

– Se eu der um soco nele, posso sofrer um processo?

Gusmão colocou a mão sobre o meu ombro.

Almeida saiu do carro. Pude ver pela janela ele esquadrinhar o jardim com as mãos na cintura. Entrou na sala carregando uma aura elétrica e nervosa, hostil aos humores daquela tarde. Olhou para o advogado com irritação. Ignorou os preâmbulos.

– O que você pretende fazer com o sobrado?

– Ele também sabe sobre a câmara subterrânea – apontei para Gusmão.

Ele perguntou se podia sentar no sofá e eu disse que sim.

– Se contar para alguém que eu roubei aquele corpo e ajudei a preservá-lo, perco a minha licença – eu vi que ele tremia ligeiramente.

Por mais que a ideia de retribuição soasse divertida, não estava nos meus planos.

– Não precisa se preocupar com isso. Ninguém vai saber sobre a câmara.

– Eu quero comprar a casa. A sua casa, o terreno. Você recebe o dinheiro e parte de São Jorge. Para que ficar aqui?

– A propriedade já foi vendida – eu disse.

Ele teve um sobressalto. Balançou a cabeça para os lados e murmurou baixinho consigo mesmo.

– Só me diga mais uma vez, Daniel – Almeida parou de balançar a cabeça e olhou para os pés, com a testa apoiada na mão –, que você não destruiu o lagarto.

– Eu queimei aquela maldita coisa.

Almeida ficou calado por um longo tempo, a olhar para os pés. As ondas quebravam longe dali.

– Tudo bem – Almeida disse, e ergueu o braço no ar. – Pode vir.

Escutamos o barulho de uma arma sendo engatilhada, vindo de um canto sombreado da sala. Aquele estalo singular rearranjou nossas posições no aposento. Vi uma arma, depois um braço, por fim um homem saírem da sombra. Pelas cicatrizes medonhas no rosto, reconheci o guarda da clínica de Almeida. Ele parou atrás do médico com a arma apontada para mim. Almeida me fixou um olhar mudo. Um querelante e sua reivindicação incontornável.

– O senhor me desculpe, mas acabou sendo pego nesta teia – ele falou com Gusmão. – Como o senhor parece inteirado da trama, vou perguntar também ao senhor. Este jovem, um cúmplice e o avô organizaram uma invasão seguida de homicídio que ocorreu aqui na Baía, três anos atrás. O senhor conhece a história?

– Eu fui o advogado dele.

– Patife! O senhor vai corroborar qualquer coisa que esse pilantra disser. Nos autos, consta que ele foi coagido, correto? Foi eximido de qualquer culpa. O senhor ganhou esse processo. O avô dele, no entanto, pobre homem, não conseguiu a mesma leniência. Vocês dois levaram aquele pobre homem à morte. Vocês sabem disso? Um homem que acreditou em mim. Não terá sido em vão, Daniel, se você me disser que não destruiu o lagarto.

Eu notei como Sabrina se aproximou do homem armado sorrateira como um gato, segurando uma faca. Eu me esforcei para não a seguir com os olhos, mas devo ter me traído, pois o homem se virou.

Sabrina deu um salto para o lado e golpeou a esmo com a faca. O homem soltou um grito e vi o revólver saltar de sua mão para o outro lado da sala. Sabrina foi ao chão e apoiou a queda com um braço, mas levou um chute no rosto. Eu levantei do sofá. Almeida não se mexeu. O homem pegou a faca que Sabrina deixou cair enquanto ela se colocava de pé. Estava coberta de suor e seu rosto brilhava. Eu me acerquei do homem pelo flanco e parei a poucos passos. Ele olhou de um para o outro. Eu e Sabrina ao alcance de levarmos uma facada, mas em dois contra um. O revólver estava caído a um salto de distância.

O que aconteceu a seguir deve ter sido muito rápido, pois eu demorei para reagir. O homem ergueu o braço na altura do peito. Segurando a faca com uma mão, trouxe-a na direção do ombro oposto, como se quisesse dar um abraço em si mesmo. Então ele moveu esse braço em um arco horizontal de forma muito rápida – um golpe ligeiro e definitivo. Eu percebi que Sabrina não ia escapar. Foi o tempo que eu levei para piscar os olhos. A faca zuniu. Ouvi o som indescritível do corte e um jato de sangue quente espirrou em meu rosto. Os meus olhos registraram uma anomalia. A faca não acertou Sabrina, porque um homem negro, muito magro, materializou-se de repente entre ela e a faca e recebeu o golpe no lugar dela. A faca trespassou o seu pescoço.

Sabrina soltou um berro. O homem com a faca se assustou com a aparição e perdeu o equilíbrio, cambaleando para trás. Foi nesse ponto que eu senti eras se passarem antes de reagir. O homem negro à minha frente, que surgira de lugar nenhum, usava uma camisola de hospital que recebia todo o sangue derramado de seu pescoço aberto. Acima do talho profundo que a faca fez em sua garganta, seu rosto exprimia toda a dor do golpe. Eu pisquei os olhos mais uma vez e ele sumiu. Tendo recuperado os reflexos, arrematei contra o homem com a faca, como um jogador de futebol americano. Eu o derrubei no chão e a cabeça dele se chocou com violência contra a parede. Levantei e corri até o revólver.

O homem no chão não se mexeu. Almeida tampouco se mexeu no sofá. Segurando o revólver com uma mão, eu passei a outra no rosto e examinei o sangue que saiu nela. Gusmão tirou um telefone celular do bolso e ligou para a polícia.

Eu mantive o homem desacordado sob a mira do revólver, por mais que meus braços doessem. Eu estava apavorado com o possível desenlace de um novo pesadelo.

Sabrina estava parada no mesmo lugar de antes, com a boca aberta, gritando sem fazer som.

MÜLLER OU MUNYE

Dizem que antes de morrer vemos nossa vida passar diante dos olhos. No meu caso não é muito diferente, consigo ver flashes da minha vida, mas também da vida dos meus descendentes. Em um desses flashes, vi a vida de Sabrina. Ali eu tinha a escolha de seguir para uma outra vida, ou queimar todas as que eu tinha.

Eu não pude demonstrar meu amor por ela por medo de revelar os meus segredos ou os dela. A nossa linhagem foi uma das primeiras a vir para este mundo e estabelecer morada. Por questões de controle, criamos chaves para essa fenda. Com a minha passagem nessa vida chegando ao fim, pedi ao meu genro para investigar somente para qual prateleira de recordações os lagartos iriam. Mas o que eu jamais poderia imaginar é que essas chaves se banhariam em sangue, e que para salvá-la do futuro que a esperava eu teria que entrar naquele momento da fotografia da vida da minha filha e trocar a minha vida neste mundo pela de Sabrina.

EPÍLOGO

Eu guardei as gemas de obsidiana por muito tempo, a princípio costuradas a uma pulseira de couro.

Almeida não desconfiou que as pedras estavam tão próximas quando entrou naquele camburão. A polícia atendeu ao nosso chamado com celeridade. Eventualmente, descobriram a câmara subterrânea. Gusmão defletiu de mim qualquer inquérito sobre o assunto. Sobre Almeida o menor dos males que se abateu foi a perda da licença para praticar medicina. Foi preso, mas não sei muito mais que isso, pois evitei as notícias. Não sei, por exemplo, se Almeida chegou a expor algo de suas experiências sobrenaturais, se tentou justificar-se pelo planejamento da invasão à residência de Alhambra Cazália.

Eu vi Sabrina mais duas vezes após o incidente, nos anos seguintes, saindo enquanto eu chegava ao escritório de Gusmão e outra vez quando nos encontramos em um jantar na casa dele. Desde então não a vi mais. Tive duas vezes a chance de perguntar sobre o homem que havia amparado o golpe que era destinado a ela, como ele havia surgido tão repentinamente e desaparecido sem deixar rastro algum além do sangue em meu rosto, e eu não entendi a resposta dela: "Às vezes tiramos uma foto, outras vezes entramos na história da foto." Eu intuí que essa parte da história não pertencia a mim.

Pedalava à beira do rio certa feita e parei no meio do caminho para me alongar. Quando não havia ninguém por perto, eu tirei da pochete o pequeno envelope onde eu guardava as seis gemas de obsidiana e as coloquei na mão e as joguei com força no meio do rio. Espero que cheguem até o oceano.

editoraletramento
editoraletramento.com.br
editoraletramento
company/grupoeditorialletramento
grupoletramento
contato@editoraletramento.com.br
editoraletramento

casadodireito
editoracasadodireito.com.br
casadodireitoed
casadodireito@editoraletramento.com.br